央视创造传媒

平凡中国人的非凡故事

高等教育出版社·北京　　《欢乐中国人》节目组　组编

每个中国人都有自己的故事

有四世同堂的骄傲与自豪

有携手奔跑的幸福时光

有血脉相承的使命与深情

有初心不改的信念与荣光

有铭记于心的承诺与梦想

……

是他们,于平凡中闪烁着非凡的光芒

是他们,用两代人的执着贯通了六年的咫尺相望

是他们,传承四代人坚守不渝的中国梦想

是他们,把三十五年每一个脚印都刻上爱的信仰

是他们,不忘初心、不负重托、不辱使命

是平凡的中国人,把平凡生活过成了新时代的诗与乐章

新时代的中国故事,值得被看见

新时代的中国故事,值得被呈现

新时代的中国故事,值得被推荐

编委会

主　　　任　　许文广　过彤
副 主 任　　林　锋
执行主编　　左　兴　卢小波
编　　委　　时　冉　白秋立　张　涵　黄宇霏　历文娟

序一

2018年8月，习近平总书记在全国宣传思想工作会议上强调："展形象，就是要推进国际传播能力建设，讲好中国故事、传播好中国声音，向全世界展现真实、立体、全面的中国，提高国家文化软实力和中华文化影响力。"关于讲什么故事的问题，习近平总书记2016年2月在党的新闻舆论工作座谈会上提出了讲好中国故事的具体内容："要讲好中国特色社会主义的故事，讲好中国梦的故事，讲好中国人的故事，讲好中华优秀文化的故事，讲好中国和平发展的故事。"

2018年，中央广播电视总台综合频道播出的大型综艺节目《欢乐中国人》第二季，通过一个个人物新闻故事的综艺化表达，富有吸引力和感染力地传递中国精神、中国价值、中国文化和中国力量。基于该节目改编和再创作的励志读物《平凡中国人的非凡故事》，以"讲好中国故事，展现真实、立体、全面的中国，提高国家文化软实力"为主旨，以"传播新时代中国故事"为核心，旨在让人们深刻体会到：普通人的奋斗故事最伟大，幸福都是奋斗出来的！

书籍是人类知识最重要的载体之一。在这个信息爆炸的时代，信息的更新速度前所未有，大量信息被碎片化、被淹没，直至沉寂。如何将电视节目的一过性资源提炼出来，使其成为影响社会大众特别是青少年价值观的精品资源，是我们编写这本融媒体出版物的初衷。书中涉及的玉麦乡乡亲、乌兰牧骑队员、西迁老教授、四代阅兵、兵王父子、五代摆渡人、追梦航天员、国乐匠人、摔跤陪练、墨脱兵老师等看似平凡却伟大的真实故事，是很多普通中国老百姓的真实写照。他们在各自的领域年复一年地坚持，日复一日地努力，一点一滴地积累。这些平凡中国人的执着坚守和浓厚的家国情怀，对读者人性境界的提升、理想人格的塑造、人生观和价值观的形成以及社会价值的实现具有重要意义。其实质就是一种人性教育，其核心就是提升人的核心素养，其最终目标就是指引读者走向更美好的未来。

随着媒体技术的发展，传播方式和方法也必然需要创新和升级。文本内容与信息技术深度融合，是本书编写团队的又一次尝试和探索，也是对行业发展的有益尝试。《平凡中国人的非凡故事》充分利用"互联网+"时代传统媒体与新媒体加速融合的契机，将新媒体技术与传统出版物深度融合，丰富故事信息，还原故事情境，激发思想共鸣，传达深意，触发思考，将深刻的思想、抽象的道理转化成鲜活的能够直抵人心的故事和事例，让故事更加易懂、易接受、易传播，使人想看爱听且有所思、有所得。全书可读、可听、可视，立体呈现，实现了大众读物的"颠覆式"创新。读者扫描书中二维码即可观看节目精彩视频，聆听著名播音员讲述的中国故事，通过融媒体形式传播朴实而有温度、凝练而有深度的中国故事。

这本书是一把钥匙，或者说是一种工具，除了其本身具有的完整内容体系和结构以外，它还充分利用多种文化传播方式，激发人们去寻找、发现、关注每一位平凡中国人的非凡故事，传播14亿人都应该知道的新时代的中国声音。

许文广

2020年12月

序二

　　故事是启迪心智、成风化人的有效方式之一，尤其是经过高度提炼和时代洗礼的现实主义题材，感染力更强，共鸣性更足。中国故事是时代精神的最佳载体，讲好中国故事是当下中国的时代需求。中央广播电视总台综合频道播出的《欢乐中国人》第二季以"传播新时代中国故事"为核心，用心开掘值得人们铭记和传播的感人故事，旨在展现千千万万普通人的伟大。节目把平凡中国人的真人真事演绎成诙谐幽默的生活剧，将记录性和戏剧性深度融合，既保证了内容的真实性和鲜活度，更让节目视角侧重于民生情怀，厚重度和感染力显而易见。这不仅可以使观众在可感知、可进入的情境中体味酸甜苦辣和人生百态，进而产生催人逐梦的正能量，还可以实现对大众的鼓舞与激励，让中国故事更有温度，中国精神世代相承。

　　好的中国故事，要"真实"，也要"传奇"。如果说故事标准的横坐标是"真实"，那么纵坐标就是"传奇"。故事"三个人的玉麦乡"讲述了一家三口人在西藏边陲守护祖国领土的故事。中国守边戍边的群众很多，但该故事的传奇就在于主人公桑杰曲巴老人的身上有一种执拗、坚守的精神；故事"国家的孩子"围绕草原上的额吉收养3 000名孤儿展开，她们是那个时代的传奇，也是民族大爱的体现。在"真实"和"传奇"的两个维度里，我们看到了《欢乐中国人》第二季的价值表达核心——时代精神。从故事中，我们可以感受到中国年轻人的青春朝气和热血激昂，体会到默默奋斗在自己岗位上的普通中国人的伟大，看到优秀的民族文化在中国新一代人的血脉中流淌。

　　讲好中国故事，要'创新'，也要"融合"。让选题具备新闻属性，既能保证选题的新鲜度，也能确保故事贴近百姓视角。节目组的工作人员常常在私下开玩笑说，大家不是在做一档综艺节目，而是在做一档民生新闻视角的故事周刊。因为节目中90%以上的选题都从新闻中来："摔跤吧磊磊"的故事从他的退役新闻中发现;"上北大、拿冠军、打海盗"的故事,从军事新闻中挖掘;"一个人的学校"是一则典型的民生新闻,故事背景是中国的城镇化进程……

那么,这些故事的选择有哪些标准呢?首先是真实性。导演组每天都会通过各种线索寻找故事,然后由团队的工作人员进行筛选,其中最重要的一步就是要核实它的真实性。其次是代表性。放到电视屏幕上播出的每一个中国故事都要代表某一个群体甚至某一种精神,具有某种复合价值,而这种价值毫无疑问就是我们时代所提倡的社会主义核心价值。此外,我们还十分看重故事的时效性。

为了让节目中的中国故事被更多的人知道,我们在传播模式上进行了创新与探索。首先,我们给每个故事都生成了一个二维码,观众在观看节目的同时,可以扫描屏幕上的二维码,通过微信传播中国故事。其次,我们基于每个故事的微信阅读量,遴选了20个具有典型性的故事进行再创作,编写了一本融媒体励志读物——《平凡中国人的非凡故事》。本书除了对故事主人公的事迹进行扩充以外,还以"情境再现"的形式截取了节目视频片段,以"听中国故事"的形式重新录制了故事音频,读者阅读文本的同时,还可以扫描书中的二维码看视频、听音频。

传播新时代中国故事,是我们创作《欢乐中国人》第二季和编写《平凡中国人的非凡故事》的核心立意。一个个鲜活的人物和真实的中国故事,传播的是中华民族的精神力量和优秀文化。用故事承载中国精神、中国价值和中国力量是我们的责任与担当,我们将以此为己任继续探索。

过彤

2020年12月

目录

001　**青春无悔**

003　青春报国　无问西东
　　　——西迁教授六十多年的爱与坚守

017　文武双全　矢志前行
　　　——拿冠军、打海盗的真实版北大"女蛟龙"

029　热血青春　踏浪而歌
　　　——四个女孩用实力诠释"中国队最强"

041　铿锵玫瑰　初露锋芒
　　　——大山深处走出的世界冠军

055　奉献青春　无私无悔
　　　——陪摔出二十余位世界冠军的幕后英雄

065　磨砺前行　屡建战功
　　　——与时间赛跑、创生命奇迹的"犬王"和"战神"

075　家国情怀

- 077　**以牧代巡　保家卫国**
  ——扎根雪域边陲的最美格桑花
- 089　**守望相助　大爱无疆**
  ——三千孤儿找到母亲，草原额吉书写大爱传奇
- 101　**追逐梦想　不悔始终**
  ——执着"备份"二十载，筑梦九天写忠诚
- 113　**血脉相承　亮剑深蓝**
  ——潜艇兵父子二十六年接力，续写"兵王"传奇
- 123　**中国蓝盔　大国担当**
  ——岁月如此静好，只因有你们一路守护
- 137　**红色基因　血脉传承**
  ——一家四代跨越六十六年的阅兵梦
- 149　**坚守信念　创造奇迹**
  ——父子同心，攻克世界难题，彰显中国智慧

159	**诚信关爱**
161	五代义渡 百年守信
	——一家五代免费摆渡143年，只因一句承诺
171	从戎西藏 扎根墨脱
	——心怀大爱，执着坚守，墨脱老兵"永不退役"
183	为爱奔跑 生命不息
	——耄耋夫妻情满赛道，诠释最长情的告白
193	一师一生 执着坚守
	——这里只有一个学生，但爱与陪伴从未缺席

203	**文化传承**
205	不忘初心 牢记使命
	——永远做草原上的"红色文艺轻骑兵"
217	国乐经典 琴韵天下
	——复活失传千年的五弦琵琶,唤醒国乐新生命
229	文化精髓 薪火相传
	——年仅四岁,却已能熟读《千家诗》、识字逾 3 000
239	**后记**

青春无悔

部分西迁老教授（摄影：王晓凯）

"党让我们去哪里，我们背上行囊就去哪里。"一呼而百者应。1956年起，交通大学师生员工与家属响应党和国家号召，打包好行李，乘坐专列一路向西，从繁华的上海奔赴西安，在大西北拓荒开垦，辛勤耕耘，抒写着交大的辉煌岁月，磨砺铸造出"胸怀大局、无私奉献、弘扬传统、艰苦创业"的"西迁精神"，激励鞭策着一代又一代知识分子争做国家和民族的脊梁。

青春报国 无问西东
——西迁教授六十多年的爱与坚守

热血青春，永不凋零。1956年，交大人乘坐西迁专列满怀创业报国情怀一路向西，扎根西部，服务国家，奉献青春年华。西迁背后的故事跨越时空，至今依然让人热血沸腾，激励着新时代交大人积极响应国家"一带一路"倡议，向西再向西，谱写着西安交通大学勇担使命、继往开来的慷慨弦歌。

中国故事扫码听

走进非凡故事

19世纪末，甲午战败，国家危难。洋务运动代表人物盛宣怀和一批有识之士秉持"自强首在储才，储才必先兴学"的信念，于1896年在上海创办了南洋公学（1921年更名为交通大学），为工业兴国、实业救国输送"第一等人才"。这里诞生了中国第一台电机，成立了中国第一个大学科研机构，组建了中国第一个大学学术组织，被誉为"东方麻省理工学院"和"中国工程师的摇篮"。

20世纪50年代初，新中国成立不久，百废待兴，党中央、国务院根据当时的国际形势和建设大西北的战略，从国内外形势和教育布局等多方面考虑，决定将交通大学主体从上海迁往西安。

1956年夏天，数千名交通大学师生员工响应国家"向科学进军，建设大西北！"的号召，舍弃上海优越的生活条件，手持印有"向科学进军，建设大西北！"字样的粉色乘车证，义无反顾地登上交大西迁的第一趟列车，从十里洋场来到荒原与麦田，站在了西部开发的最前沿，成为西部大开发的"先行者"，创造了中国高等教育历史上最伟大的"迁徙"。

南洋公学

西迁教师乘车证

讲述非凡故事

2017年11月30日，在党的十九大胜利召开之际，西安交通大学史维祥、潘季、胡奈赛、朱继洲等15位老教授给习近平总书记写了一封信，在信中表达了西安交大将继承和发扬西迁精神，继续扎根西部，为西部大开发输出一流人才和一流成长的决心。

12月中旬，习近平总书记对"西迁老教授的信"作出批示："向当年响应国家号召、献身大西北建设的交大老同志们致以崇高的敬意，祝大家健康长寿、晚年幸福。也希望西安交大师生传承好西迁精神，为西部发展、国家建设奉献智慧和力量。"

那是一场怎样的迁徙？这些被总书记点赞的西迁老教授们又有着怎样的故事呢？

20世纪50年代，有"东方巴黎"之称的上海，是当时中国发展最好、最为时尚的城市。而当时的西安交大建设在一片荒地之中，条件十分艰苦。即便如此，一批批满腔热血的交大教师也义无反顾地登上西迁的列车，历经40多个小时的路程，到达了西迁的目的地——西安。

情境再现

高： 王教授，咱是迷路了吗？

王： 是。

高： 你说……这是西安交大的校区吗？

王： 不是，应该是附近。都说大西北荒，没想到会这么荒。不过这样也好，正好是咱们大显身手的机会。

高： 教授，你这包里是什么呀？

王： 这个呀！这可是我的宝贝，这是近十年我所有的研究数据，我觉得带着它来，以后对咱们的工作大有帮助！

老板： 汤来啦，汤来啦！

张： 老板，我跟您打听一下，您知道西安交大的校区在哪儿吗？

老板： 嗨！你起来，往前看！这片黄土地就是西安交大的校区。

张： 就这？就这儿的话，我坐着也能看见呀。

老板：我这不是想让你看远点嘛。我跟你说，这只是附近，校区里边可漂亮了。

王：只要能够给咱们实验室就行。

老板：哦，你们就是从上海西迁过来的老师们吧！

张：对啊！

老板：哎呀！太好了！你们能来大西北，那我们会越来越好的！

高：老板，我问你一句，接我们的车怎么还不来啊？

老板：那……不用急！我们这儿的路全是泥，所以只要车来的时候不陷在泥里就行。

村民：不好了，不好了，接你们的车陷到泥里了。

老板：没事，没几公里路，你要不然带着老师们走过去吧，只要不马上下雨就行。

（外面传来打雷声）

老板：没事，没事，雨要是今天不停啊，咱就在这儿搭几个帐篷，就睡这儿，只要没有狼来就行。

（远处传来狼叫声）

老板：没事，没事，我们这儿的狼就是随便叫叫，不吃人，只要……

（所有人上前捂住老板的嘴）

张：同志！你不要再说话了。

村民：没事，你们别害怕，待会儿我找几个人守在村口就行了。

……

当时，西安交大建设在一片荒地上，交通问题和采购问题成了最大的难题，但是无论怎么艰难，西安交大都没有晚开一天学，没有少开一门课。突然有一天，西安下起了滂沱大雨。那天晚上，无情的大雨使王教授记录了多年的数据毁于一旦，这对他造成了沉重的打击，对于已满借调期一年的他来说，第一次有了回家的念头……

张：王老师，你这是？

王：我想回上海看看。

张：看完了，还回来吗？我知道，实验数据都被毁了，但是没关系，咱们可以继续研究，储备新的数据。

王：有这个条件吗？有这个时间吗？那是我积累了近十年的数据。

高：那大不了，大不了再等十年。

王：谁等得起？是学生等得起，还是国家等得起？十年，我用了多少个日夜，经历了多少次失败才得到这些数据。咱们有几个十年？上海人才汇集、交通方便，我只有在那儿才能更快更好地贡献我全部的科研智慧。

高：可这大西北有更多的学生需要您教啊。

王：可是我的妻子和女儿还等着我回家呢！再见吧。

学生：王老师，有人找您。

王：你怎么来了？

俞：你发的电报我都收到了，我就想带孩子来看看你。

王：让我看看，都这么大了，你说我这马上就回去了，你跑这儿来干什么？走，咱们一起回上海。

俞：等等！你们刚才说的话我全都听见了。我就想，以后我就和女儿留

从今天开始我就是西安人了

在这里陪着你,正好这也有我擅长的专业,我也要为大西北贡献一份力量。

王:咱们在上海一样可以贡献力量,我也不能让你和女儿在这里吃苦啊!走吧。你不了解这里的情况!

俞:我了解,我全都看见了。

张:王老师,你说得对,咱们是没几个十年,可是我相信这一切都会慢慢变好的。一个十年不行,就两个;两个十年不行,就三个;三个十年不行,就五个;五个十年不行,就一辈子!!我就不信,等到咱们都七老八十了,它大西北还能是现在这个样?!

高:王老师,留下吧!

学生:王老师,留下吧!

……

俞:王老师,留下吧!

王:我1958年随交大西迁,从今天开始,我就是西安人了。

中国故事扫码看

就这样,十年过去了,二十年过去了,三十年过去了……到现在他们已经足足在西安交大工作了六十多年。这六十多年,他们培养了约25万名毕业生，其中40%以上扎根祖国的西北部。从中国第一台发电机、无线电台、内燃机、中文打字机，到国产第一艘万吨巨轮、第一枚运载火箭、神舟飞船……无不凝聚着交大学子的青春和智慧。

现在，曾经的热血青年已成为耄耋老者，他们来时，这里是学术的荒漠；他们走时，这里已经成为我国西北大地上最为璀璨的高教明珠。

大树西迁

在交通大学一百多年的建校史中，1956年被视为一个极为重要而特殊的年份。那一年，交大数千名师生员工挥别当时中国发展最前沿的城市上海，大规模西迁至发展滞后的古城西安。

根据交通大学的部署 1955—1957年，交通大学全校2 812名学生、1 472名教师职工及家属，以及教学器材设备和图书资料分批、无损失、安全地迁往西安。1956年8月10日，一千余名西迁的交大师生员工和家属背负行囊，汇集在上海徐家汇火车站，踏上了西迁的专列。

开往西安的火车

当年，为了积极响应迁校，一大批德高望重的老教授、年富力强的学术骨干更是舍弃上海优越的生活，身无牵挂地奔赴大西北，义无反顾地成为黄土地的拓荒者。他们中的许多人还毅然卖掉或上交了在上海的住房。

被誉为"中国电机之父"的钟兆琳教授是"中国导弹之父""中国航天之父"钱学森的老师，西迁时他已经57岁，身患多种慢性病，妻子也卧病在床。周恩来总理提出"钟先生以留在上海为好"，但他安顿好夫人后，毅然决然地只身一人加入首批西迁队伍。"老骥伏枥，志在千里；烈士暮年，壮心不已。"年近花甲的钟兆琳教授孤身一人天天吃集体食堂，经常第一个

钟兆琳（1901—1990）

陈学俊（1919—2017）

到教室给学生上课，并在十分艰苦的条件下建立了我国高校中的第一个电机制造实验室，把西安交大电机系扶上了快速发展的轨道。

在西迁的教授中，38岁的陈学俊是最年轻的一位。临行前，他与同在交大任教的夫人袁旦庆将自己位于上海国际饭店后面的房子无偿上交给上海市房管部门，带着4个孩子随校西迁。"至今仍有人说起此事，认为我们太吃亏了，保留到现在，那两间房子不是很值钱吗？但当时我们想，既然要扎根西北的黄土地，就不要再为房子所牵挂，钱是身外之物，不值得去计较了。"陈学俊院士曾这样解释。1957年9月的一个早晨，陈学俊站在西安交通大学东门远眺秦岭，写下了这首《迁校有感》。

秦岭一片白云飘，关中平原真富饶，
周秦汉唐是古都，工业重镇在今朝；
交大西迁任务重，西安建校热情高，
文教适应工农业，经济建设进高潮。

陈学俊教授主持创建了中国第一个锅炉专业，建成国内第一个高压试验台，筹建了我国高校中的第一个工程热物理研究所，创建了全国唯一的动力工程多相流国家重点实验室。

2017年7月，仍在工作岗位上的陈学俊教授离世。

在西迁的校工中，年龄最小的赵保林只有16岁，年龄最大的校医沈云扉已66岁高龄。曾是旧上海名医的沈云扉再三婉拒校领导的照顾，举家随校西迁。1957年6月，他在校刊头版发表《忆江南》辞章六阕，抒发西迁后的感受："长安好，建设待支援，十万健儿湖海气，吴侬软语满街喧，何必忆江南！"

截至1958年暑期，除造船系、起重系外，动力系全部和机电各系大部分陆续迁至西安。全校70%以上的教师、80%以上的学生迁到西安新校区，74%的图书资料和大部分仪器设备及全部历史档案均陆续运抵西安。至此，西迁宣告顺利完成。

麦田起校舍，夜晚听狼叫

20世纪50年代的西安尚处在"电灯不明，马路不平，电话不灵"的年代。即使是最繁华的东大街，也没有一栋像样的房子，电线杆子歪七竖八地立在马路中央。

交大西安新校址位于城墙东南外，在古长安的唐兴庆宫旧址的南侧。1955年这里被勘察选定时，还是一片麦田，几个果园、几丘荒坟点缀其间，乌鸦成群。建校初期，野兔在校园草丛中乱跑，半夜甚至还能听到狼嚎。

参与西安交大建设的基建科科长王则茂回忆道："那年冬天特别冷，经常风雪交加，地面积雪盈尺，气温低达零下15℃。施工组的同志们住在工棚里，与工人同吃同住，同甘共苦，没有人叫苦，没有任何埋怨。大家从不考虑个人，只有一个共同目标，就是完成迁校任务，支援大西北。"

马知恩教授回忆道："到了西安以后，最明显的发现就是上海和西安的巨大落差，毕竟当时的上海还是一座国际化大都市，在城市建设、生活条件、研究条件等各方面都比西安好很多。我记得当时一出和平门往东南方向一看，就是一片荒芜的田地，道路全部都是土路。所以大家经常开玩笑说，西安的道路是晴天'扬灰'路，雨天'水泥'路！有一次，我从大雁塔回学校，正好碰到下雨，道路真成了'水泥'路。我当时穿的布鞋，只好把鞋袜脱掉，把裤子卷起来，提着鞋子走了一个多小时才回到学校。当时确实比较艰苦，但是进到学校之后，情况就不一样了，学校主要的教学大楼、宿舍、图书馆，还有食堂都建好了。"

"当时，为了保证学校按时开学，保证教学能够顺利开展，实验设备、教学仪器和图书资料都要在开学之前准时到位。当时没有很好的搬运机械，

搬运图书资料

建设校园

工人们只能靠肩挑背扛,我们很多同事的肩膀上都扛了一个'馒头'出来,还磨出了厚厚的茧子。食堂的员工从早上五六点一直工作到晚上七八点才下班。"赵保林回忆道。

55级学生谈文心回忆道:"每天我们踏着铺在烂泥地上的木板到教室去上课,必须小心翼翼谨防滑倒,感到既艰难又新奇。图书馆西南边有一座用竹篱笆做墙、大竹子做梁、茅草做顶的草棚大礼堂,里面的泥地上放了好多长条板凳,是师生们开大会、听报告、看电影、演节目的场所。草棚大礼堂面积很大,能容纳五千多人,但四面透风,冬天礼堂内外温度相同。现在提起草棚大礼堂,仍然倍感亲切。"

草棚大礼堂

从繁华的上海迁到相对落后的西安,尽管师生员工已有足够的思想准备,但身临其境后,仍发现困难比想象的更多、更具体、更实际。特别是接踵而来的三年自然灾害,导致生活日用品短缺,副食供应匮乏,教学资源严重不足。主食以杂粮为主,每月每户发大米15公斤,蔬菜水果很少、很贵。牙膏粉、灯泡等日用品有时还要从上海买。

尽管迁校任务繁重,学习生活条件艰苦,但全校师生并未因此松懈,从未放松过对科学技术和生产实践的研究与探索。

哪里有事业，哪里有爱，哪里就是家

当时的交大流传着这样一句话：哪里有事业，哪里有爱，哪里就是家。

俞察说："那时候，我的爱人刘子刚从苏联留学回来，我们结婚也没多久，然后学校要把他借调到西安去，整整一年。我们的彭康校长希望他到西安交大重新筹建一个绝缘教研室。当时，我就想，我也是上海交大的教师，既然他去了，那么我也应该做一些贡献。随后，为了让我的爱人不分心两头，我就抱着八个月大的女儿，带着我的婆婆，搬到了西安。我感觉到，哪里有事业，哪里有爱，哪里就是我的家。"

目前，一些教授仍然坚持在"一线"。比如马知恩教授，他曾担任西安交通大学教师教学发展中心主任，主要负责对学校青年教师的培训工作，同时还负责全国特别是西部地区大学数学教师培训以及教学研究的一些组织工作。

有人问他：为什么那么大年纪了还有兴趣干这些事？他说主要有两个原因：一是责任感的驱使。我从20岁开始当教师，直到后来成为国家首届教学名师。这个成长过程是怎么来的呢？主要是组织对我的长期教育和培养，西迁精神对我的激励，西安交大的传统对我的熏陶，老一辈教师对我的传帮带。这些"西迁精神"、传统和经验，一定要一代一代地传承下去。为这些做出很多贡献的老一辈教师，很多都已长眠于黄土之下，我们这些还活着的，而且还能工作的人，有责任传承"西迁精神"和西安交大的传统。这是我们义不容辞的责任。二是我能从工作中感受到乐趣。工作时，我感觉到自

俞察和女儿

马知恩教授讲课

己活着还有价值。每当看到我的学生或我帮助过的教师获得成长，或者有一点进步，我都会感到非常高兴，很有成就感，因为自己的工作得到了别人的认可。我对社会有贡献，对社会有用处，这是支撑我继续活下去和积极努力工作非常重要的一点。

老教授们真实的人生经历再一次给我们年轻人上了扎扎实实的一课。"哪里有事业，哪里有爱，哪里就是家！"只要干自己喜欢的事业，只要还能在工作中为社会发挥自己的价值，就一天都不停歇。

感悟非凡故事

"党让我们去哪里，我们背上行囊就去哪里。""哪里有事业，哪里有爱，哪里就是家！""到祖国最需要的地方干事创业。"……回顾交通大学西迁的历程，西迁教师们的爱国热情仿佛就在眼前。他们以自身的艰苦奋斗，共同铸就了可歌可泣的"西迁精神"，在风沙中撑起一所著名的大学。

"胸怀大局、无私奉献、弘扬传统、艰苦创业"，是"西迁精神"的集中体现，是交大人履行国家战略、肩负国家重任的家国情怀，是交大人奉献报国、开拓创新的永恒精神财富，是交大人艰苦奋斗、自强不息的强大精神力量。它将随着时代的变革，历久弥新，经久不绝。

宋玺

    宋玺,1994年3月出生于山西省长治市。2012年,18岁的宋玺考上北京大学。2015年9月,宋玺从北京大学入伍,加入中国人民解放军海军陆战队,曾随护航编队赴亚丁湾执行任务。在两年的从军生涯中,她先后参与特种大队的舱室搜索救援、对海射击等各项训练,足迹遍及南海诸岛、亚丁湾等地。

    2018年5月2日,在习近平总书记与北京大学师生的座谈会上,宋玺作为唯一的学生代表发言。习近平总书记评价她"如同《红海行动》中的那位女兵"。

文武双全 矢志前行
——拿冠军、打海盗的真实版北大『女蛟龙』

考北大、争第一、当军人……这是很多人儿时的梦想。成长的年轮可能会让这些最初的梦想成为"弹指一挥间"的玩笑渐行渐远。但还有很多人仍然在追梦的"一号公路"上继续奔跑。"国系90后""红海女蛟龙""北大女学霸",她都实现了!曾经许下的愿、吹过的牛、流过的泪……让这个90后北大女生身上的责任更重,心中的梦想更远。

中国故事扫码听

走进非凡故事

宋玺向习近平总书记汇报

2018年5月2日,距离北京大学120周年校庆还有两天。曾当过海军陆战队侦察兵的北大女孩宋玺,正进行着一场特别的汇报。在她的对面,坐着一位长者,时而面带微笑地倾听,时而记录、点头,连连为她点赞。这位长者,就是中共中央总书记、国家主席、中央军委主席习近平。他知道宋玺的故事,评价她"如同《红海行动》中的那位女兵"。在汇报会上,宋玺作为唯一的学生代表,向习近平总书记汇报了自己求学、当兵的经历以及读书心得。

宋玺说:"这是我人生中最难忘的一天。我感觉习主席不仅仅是一国元首,而且是一位前辈、一位老师。他温情地对新时代青年学生发出恳切的期待,并对青年学生提出了'爱国、励志、求真、力行'的八字要求。作为新时代青年,我们应该积极践行习主席提出的八字要求,勤学、修德、明辨、笃实,使自己成为一名合格的社会主义建设者和接班人。"

"习近平躺在梁家河的田野里想着,如果去不了大学,那就扎根这片田野,为群众服务吧!"这是《习近平的七年知青岁月》中的一段话。宋玺由此想到自己,"从蜜罐子到部队的经历,让我深刻地感受到大学生一定不能脱离群众,一定不能架空自己。"这也是她立志从军的主要原因之一。

讲述非凡故事

"中华儿女多奇志,不爱红装爱武装。"2018年,电影《红海行动》燃爆了无数中国人的爱国热情。《红海行动》推广曲的演唱者宋玺,曾在中国人民解放军海军陆战队某旅侦察队服役。2016年12月，她成为中国人民解放军第二十五批赴亚丁湾护航编队里唯一的一名女陆战队员。

宋玺是一名90后，当兵是她从小的梦想，大三那年，她如愿入伍。她的人生履历充满了荣誉和辉煌，这让人禁不住想为她加油鼓劲。她究竟有过怎样的经历呢？下面，我们一起来领略这位90后巾帼陆战队员的风采。

情境再现

朋友： 宋玺，听说王楠已经收到录取通知书了，你还没收到吗？

宋玺： 没有。

朋友： 我跟你说，她考上山西大学了。哎呀，我真羡慕她，我也想去省会读书。宋玺，你报考的哪儿啊？

宋玺： 北大。

朋友： 天呐！你去"北大荒"干吗呀？这以后咱们怎么联系啊？

宋玺： 不是北大荒，是北大，北京大学！

朋友： 北京大学？你没发烧吧？！第一志愿那么重要，你怎么能瞎填呢？

宋玺： 我没瞎填啊，我就是想上北大！

朋友： 你想上北大？我还想上天呢！宋玺，我跟你说，做人要脚踏实地，不能好高骛远，上北大的都是什么人，你知道吗？

宋玺： 什么人？

朋友： 屠呦呦，诺贝尔奖获得者，那都是响当当的人物。你觉得你能考上吗？

宋玺： 我妈觉得北大好，我也觉得北大很好，所以我就考北大呀。

朋友： 我还觉得北大好呢，那是能说考就能考上的吗？你确定你要考北大，是吧？

宋玺： 是啊。

朋友： 行，看见这块橡皮了吗？你要是能考上北大，我就把它吃了！

老师： 宋玺，恭喜你，你被北京大学录取了！

（朋友晕厥……）

宋玺：哎哟，你没事吧？你醒醒，你醒醒！

朋友：我这还叭叭地教育你呢，你这是啪啪地打我脸啊，你还救我干什么啊？你就让我晕过去得了。

宋玺：不是，这橡皮你还没吃呢……

要做就做最好的，不然还不如不做

1994年，宋玺出生在一个四代军人家庭。和别人家的孩子不同，宋玺并不是一个乖巧的姑娘。她爱打扮、爱聚会、爱玩游戏，顽皮起来还挺淘气。但是一旦进入学习状态，她就容不得自己有半点马虎。

"要做就做最好的，不然还不如不做。"这是宋玺经常提起的一句话。

2012年，18岁的宋玺成功考上北京大学，成为一名心理与认知科学学院的学生。她对"心理学"的理解是：一门去认识自己、认识世界、认识爱的学科。

北大的学业十分繁重，面对来自祖国四面八方的"学霸"们，宋玺不敢掉以轻心。即便如此，她还是抽空让自己的业余生活更丰富些，加入了几个自己喜欢的社团，其中就包括北大合唱团。这是一个有着一百多年历史，在北大校园里非常知名的学生团体，曾经在国际赛场上多次为中国争得荣耀。加入北大合唱团之后，宋玺仍然没有停止，在她的心里，早已默默地为自己制订了一个新目标——在国际大赛上拿冠军。

宋玺从小就爱唱歌，嗓音特别清亮。她曾两度参加北大校园"十佳歌手"大赛，并在上千名青年歌唱者中脱颖而出，两次拿到"十佳"，顺理成章地成为北大合唱团的女领唱。2014年，宋玺作为领唱，和北大合唱团一起代表中国在第八届世界合唱比赛上拿到了金奖。她个人赢得两枚金牌。

你可能会问：凭什么又是她？为什么她有天助？可是，当你和这个为了梦想能拼命的姑娘聊上一会儿，你一定不会再有这样的想法，因为她的所有成功都不是凭侥幸获得的。

大家都向宋玺表示祝贺，甚至有人劝她干脆做一名歌手，但是她却做出了一个令人感到意外的决定——投笔从戎，报名当兵。

情境再现

战友： 新兵训练营马上就结束了，宋玺，跟我一起去当文艺兵吧，你唱歌那么好。

宋玺： 不了，我要去海军陆战队，当一名侦察兵。

战友： 海军陆战队？还侦察兵？你是不是晒傻了呀？海军陆战队不是你说想去就能去的地方。

宋玺： 我知道，可我就是想当一名海上侦察兵，而且还想去海上执行任务。

战友： 宋玺，你听我说，做人一定要脚踏实地，不能好高骛远。海军陆战队的成员个个都是精心挑选的，每一个人都是英雄。

宋玺： 我知道，所以我也想成为一个像他们那样的人，就算成不了英雄，沾沾边也很好啊。

战友： 拉倒吧，你要是能进海军陆战队，我就……我就……

宋玺：我劝你还是别瞎许愿了，听我的，那些东西都不好吃。

教官：宋玺，听指导员说你想参加海军陆战队？

宋玺：是！

教官：你知道海军陆战队是什么吗？

宋玺：我知道，中国人民解放军海军陆战队，是一支海陆空一体、攻防兼备的两栖作战部队，是海军走向深蓝的重要组成力量。

教官：光嘴知道没有用，你这样的女兵，去不了！

宋玺：凭什么我就去不了？他们男兵能做到的，我们女兵也能做到！

教官：那都是最优秀的兵才能去的地方。

宋玺：好，那我就做最优秀的兵！

（为了能够进入海军陆战队，宋玺付出了比常人更多的努力，她给自己制订了更加苛刻的训练计划，5公里越野，攀爬铁丝网，实弹射击，每项训练内容她都不断给自己加压。为了实现自己的目标，宋玺真的是拼了！）

教官：宋玺！我现在正式通知你，你通过了考核，正式成为海军陆战队的一员，接下来将作为第二十五批护航编队的成员去执行任务，你准备好了吗！？

中国故事扫码看

宋玺：时刻准备着！

从军报国,青春无悔

宋玺从小就有一个梦想——像曾为军人的父亲一样,正儿八经地穿一回军装,成为一名"酷炫"的军人,当一名英雄。这是她在前21年的人生中最认真对待过的一件事情。当时很多人都不理解,特别是宋玺的妈妈,但宋玺的态度非常坚决。

高中毕业时,宋玺就想当兵,可是军队出身的父亲不舍得让自己的宝贝女儿吃苦受累,说什么都不同意。宋玺也只能作罢。

上大学后,宋玺偶然看到学校布告栏上的征兵启示,动心了。一学期之后,她从军的愿望更加强烈。然而这一想法最初并没有得到父母和老师的支持,因此她在大一时未能入伍圆梦,但从军报国的种子已经在她的心里生根发芽,她骨子里的那股想当兵的坚忍劲儿,谁也挡不住。为了能够早日实现自己的梦想,她积极参加体育锻炼,还利用休息时间在健身房和寝室健身。

参军对于任何一个年轻大学生来说都会带来非同一般的心理压力。一方面,需要与正在经历的生活告别,只身步入军营,熟悉的家人、朋友、同学、老师将不在自己的身边,生活将受到军队纪律的约束而无法随心所欲。对此,宋玺说:"反正就是有很多舍不得的东西必须舍弃。"另一方面,尽管她对军旅生活十分神往,但对于任何人来说,未知的事物总是令人惶恐的。对此,宋玺说:"告别过去可能意味着情感上的剧变,但是选择去期待和接受未知,那可就是另外一回事儿了,因为你不知道之后的日子将要面临什么,也不知道这两年的生活是否和你预想的有出入,生活和想象不一样,你向往抑扬顿挫、激情洋溢的生活,但到头来,生活可能并不遂人愿。"

就这样,在大三那年暑假,原本学习成绩优秀又是特长生的宋玺办理了休学,如愿入伍,正式成为中国人民解放军海军的一名战士。从此,宋玺多年的梦想终于实现,军营全新的世界为她打开了大门。

为什么选择海军?因为宋玺在心中早就瞄准了一个目标——当一名海军陆战队队员。2015年9月23日,宋玺正式入伍,前往南海舰队某新兵训练基地。对于这个21岁的年轻女孩来说,军营里的一切都是那么新鲜。刚开

射击训练中的宋玺

格斗训练中的宋玺

始,她认为军队里的班长和高中里的班长一样,类似于"负责收作业的",但实际上并非如此。部队的条令条例规定十分严格,比如站立时手不能插在裤兜里,但多年的习惯令她面对指导员时对此浑然不觉。入伍后的新兵训练和突如其来的全新环境,让宋玺在第一个月就瘦了10公斤……经过一段时间的训练,她慢慢适应了部队的训练、学习和生活,体重也开始恢复。

为了进入海军陆战队,宋玺付出了比常人更多的努力,男兵练什么,她就练什么,每一个训练科目,她都坚持完成别人两倍的训练量。回想那段经历,宋玺总是笑着称其为"感天动地的大收获"。

由于训练强度大,加上在学校时半月板受过伤,因此在新兵连训练期间宋玺浑身都有一种疼痛感,连睡觉时也摆脱不了膝盖的伤痛。但第二天她还是咬牙坚持,继续训练。她说:"支持我的一方面是个人的意志与坚持;另一方面是集体的力量,在军队这样一个大环境中,大家是共同进退的。"通过努力,在新兵训练即将结束时的实战考核中,宋玺以全优的成绩加入海军陆战队,并选择了更具挑战性的兵种——侦察兵。这一次,她又做到了。

"宋玺,明天你就去海军陆战队报到!"收到班长的通知后,眼泪从这个乐天派姑娘的眼角渗了出来。是啊,只有她自己知道经历了什么!

海军陆战队是中国人民解放军最具战斗力的部队之一,训练的严苛可想而知。可是宋玺说:"我不怕流血流汗,只要是能咬咬牙挺过去的都不是事。"此时,她心中一直想着的是,下次护航任务有没有女兵的名额……

那一刻，你才知道祖国的强大

上天给她机会的同时，也在给她压力与挑战，中国人民解放军第二十五批赴亚丁湾护航编队的女特战队员名额只有一个。鉴于宋玺优异的成绩及其在各项任务中的突出表现，2016年12月，她成功入选护航编队。

索马里，世界上最危险的地方之一；亚丁湾，海盗猖獗，暗礁凶险，被称为世界上最危险的海域之一。这就是宋玺执行任务的地方。

在舰艇上，她和男兵一样执勤，接受体能、人质营救、谈判、武装泅渡、格斗、对海射击等多种训练，并时刻准备着，不辱使命。

远离家乡、面对茫茫大海，随时准备直面危险，战士们的心理压力非常大。在护航队伍中，宋玺不仅是一名特战队员，还是官兵的"心理管家"和全队的文艺骨干。在训练间隙，她利用自己在学校学到的心理学知识了解官兵的心理状况，并开展心理咨询等活动，帮助战士们缓解心理压力。每当夜色当空，她的歌声也会为大家带来一股暖流。

但是大海不会一直风平浪静。2017年4月8日17时许，护航编队接到通报——图瓦卢籍OS35号货船在亚丁湾索科特拉岛西北海域遭劫持，整船19名叙利亚籍船员的生命岌岌可危，船上海盗数量不明。中国海军护航编队立即派出"玉林"号导弹护卫舰前往营救。"其实许多国家的护航舰艇也收到了通报，但只是在外围观察，只有中国舰艇直奔危险第一线！"宋玺回忆说。

午夜时分，"玉林"舰抵达被劫货船附近海域。4月9日凌晨，"玉林"舰发起营救行动，16名特战队员在我海军舰载机的空中掩护下，乘小艇陆续登上OS35号货船，迅速将19名船员解救出安全舱。

当听到被解救的叙利亚籍船员身披五星红旗大喊"Thank you, China!"的时候，作为一名中国海军陆战队士兵，宋玺热泪盈眶。"即使有再多危险，也值得，因为

叙利亚船员展开五星红旗

只有亲身经历过这种事情，你才会真正感受到祖国的强大。"宋玺激动地说。

在从列兵到上等兵的两年中，宋玺经历了很多，学会了很多，成长了很多。两年来，有在训练场上顶着寒风淋着雨摸爬滚打的瑟瑟发抖，也有累死累活打扫卫生后等着班长拿着棉签来"抠"死角的胆战心惊，当然更有参加重大演习和任务时的激情澎湃。部队生活跌宕起伏，"用低姿态去期望未来"让她在这两年里过得很充实，也很快乐。

完美回归，青春不悔

经过了几个月的漂洋过海，这位24岁的"老兵"退伍了。她重新回到北大校园，继续完成自己的本科学业。

校园里的宋玺，喜欢骑着一辆电动车去上课、去图书馆、去操场。一个大四的"大女孩"，阳光、不羁、率性。宋玺比"同班同学"有了更多的从容，但抛去以往的"疯狂"，她的背影很快就消失在放学时的人潮中。

宋玺用自己的坚持和成绩告诉自己，也告诉大家，人生的转折，有时只要你肯努力，就会实现。有人问宋玺："你的人生履历上已经光荣满满了，你对自己是不是很满意呢？"宋玺摇摇头说："这只是开始。不断挑战自己，接触新的事物，这样才对得起自己。要想人生精彩，必须要靠自己不断努力。"

可能有人会问：一个年仅24岁的女孩，到底是靠怎样的坚持去完成一个又一个目标的？每当看到她一次又一次获得成功时，你就会明白了：机会总是留给那些有准备的人。宋玺就是那个时时刻刻为了梦想做足准备的人。她曾说："成功不容易，但也不难，就是当你坚持不住的时候，再坚持一下。无论你在什么时候开始，重要的是开始之后不要停止……"

考北大，加入北大合唱团，与队友们一起赢得合唱比赛金牌，参军入伍，加入海军陆战队……宋玺娇小的身子骨里充满了活力和不服输的精神，迸发着无限的力量，不得不让人佩服。但她从不觉得自己有什么了不起，比起那些还在服役的战友们，她觉得自己轻松太多了。生活中的宋玺，有着对军人的向往和崇拜，也有着时刻准备去迎接新挑战的笃定……

这就是岁月，无限静好；这就是青春，充满着力量。新时代的青年偶像，正该如此！

感悟非凡故事

"国系90后"宋玺，成了新时代青年的偶像，她为一个有价值的青春填充了养料。回首我们的青春，梦想是否还在？初心是否还在？

青春是用来奋斗的，不是用来挥霍的。谁虚度了年华，青春就将褪色。青春意味着勇敢战胜了懦弱，青春意味着奋斗战胜了安逸。无论是在北大求学，还是在索马里护航，都是宋玺青春时期最宝贵的体验。她用自己的行动告诉我们，只要你足够努力，梦想就会变成现实，青春就会无限精彩。

从左至右：孟亚洁、黎晓冰、梁敏甜、陈钰丽

    2015年10月，汕头大学"高级户外拓展——海洋划艇项目"正式启动。汕头大学四名女生陈钰丽、梁敏甜、孟亚洁、黎晓冰以个人名义组成"功夫茶茶"队。"功夫茶茶"（KUNG FU CHA-CHA）取自潮汕地区的文化标志——工夫茶。四位姑娘秉承中国"功夫"和潮汕工夫茶的精神与态度，不断挑战极限，提升自我，在"2017年横渡大西洋划艇挑战赛"中成为最快完成赛事的女队，并打破世界纪录。

    陈钰丽，队长，广东人，汕头大学2017届物理专业学生。

    梁敏甜，广东人，汕头大学2017届金融专业学生。

    孟亚洁，河南人，汕头大学2017届英语专业学生。

    黎晓冰，广东人，汕头大学2018届英语专业学生。

热血青春 踏浪而歌
——四个女孩用实力诠释"中国队最强"

年轻人到底怎么做,才能不负青春、不负韶华?汕头大学的四个女孩用热血与坚持谱写了属于自己的青春之歌。2017年12月,她们组成"功夫茶茶"划艇队,向世界上难度最大的海上体能极限赛事"横渡大西洋划艇挑战赛"发起冲击。最终她们用青春和热血向世界展示了中国年轻一代的信念与坚持,展现出新时代中国力量的无限可能!

中国故事扫码听

走进非凡故事

2017年12月14日，"横渡大西洋划艇挑战赛"开赛，比赛全程约5 000公里，来自17个国家的28支队伍对浩瀚的大西洋发起挑战。其中，有人高马大的挪威队，有实力强劲的英国队，同时，此次挑战赛也第一次迎来亚洲队伍——中国的"功夫茶茶"划艇队。

青春，只有拼尽全力，才能变成一段让人终生难忘的经历。带着这样的干劲和兴奋，带着一往无前的勇气和信念，四位姑娘踏上的不仅仅是大西洋的航道，更是人生的精彩之路。

"中国队最强，横渡大西洋！划！"这是四位姑娘在横渡大西洋的过程中为自己鼓劲时最常用的话语，也是她们能够坚持到最后的重要精神支柱。

2017年12月14日，"功夫茶茶"划艇队从西班牙拉戈梅拉岛的圣塞巴斯蒂安出发，划行约5 000公里，最终到达北美安提瓜。"功夫茶茶"成为"横渡大西洋划艇挑战赛"历史上最快、最年轻的女子参赛队伍。

从西班牙到安提瓜，34个日夜无休止地划行，蜗居在只有4平方米的小船上，全程无补给，数次与死亡擦肩而过，这四个普通女大学生用一次极致奇幻的冒险之旅向世界证明，中国姑娘也能征服大西洋！

讲述非凡故事

挑战自我，是一种知难而进的自信，是一种逢高必攀的勇气。这个故事的主人公是四位年轻的女孩，她们用时34天13小时13分，成功完成了非常人所能完成的"横渡大西洋划艇挑战赛"，并打破两项世界纪录。她们的比赛成绩比世界纪录缩短了整整6天。从接触这个项目到获得世界冠军，她们仅用了9个月。

从象牙塔走向大西洋

2017年2月,由汕头大学20名本科生组成的海洋划艇队从汕头出发,日夜兼程,划行640公里,途经南澳、惠来、海丰、惠东和深圳等地海域,最终顺利在香港登岸。在参加完这个项目后,孟亚浩、梁敏甜、陈钰丽、黎晓冰都发现了自己的兴奋点,也打开了一扇让她们走出"舒适圈"的大门。

教练团队觉得这四位姑娘的耐力非常好,可以继续挑战,参加12月举行的"横渡大西洋划艇挑战赛"。但是,项目刚开始时并不是很顺利,最大的障碍是来自家庭的压力。梁敏甜回忆道:"一开始家里人持不支持的态度,我花了一下午时间,最后终于说服了妈妈,但是我爸还是坚决不同意。在妈妈和姐姐的支持下,我一直坚持参加训练。在各地的训练过程中,家人都渐渐了解了我到底在做什么事。我记得有一次后方团队给我的家人录制了视频。爸爸在视频里跟我说,'要加油划,要快点到终点,不要放弃'。我们成功到达终点之后,我也看到他们很为我们感到骄傲。"

为了提高四名队员的体能和规范力量动作,来自广州的黄雄汉教练每周六都会到汕头大学指导队员们进行力量训练。硬拉、TRX仰卧拉背、瑞士球平板撑肘推、仰卧交替两头起、壶铃摇摆……在5个星期的时间里,姑娘们在"魔鬼训练"中吃了不少苦头,但也收获颇丰。

队长陈钰丽说:"我们从4月份开始训练,主要是划船器训练,每周在学校还有体能训练,周末还会到濠江区的一些海域进行出海训练。5月份,有一周的时间,我们基本每天都去海上进行技能练习。6月底7月初,我们做了一次为期三天的长划练习,还去香港学习了划艇课程。9月份,我们到英国进行了为期6周的集训。11月份,我们去西班牙进行了为期一个月的赛前集训和准备,然后就在12月14日开始了我们横渡大西洋的旅程。"训练过程紧凑而有序,一切都是为了横渡大西洋做准备。令她们印象最深的是在香港学习的划艇课程和在英国集训时的第五周长划。

在香港学习划艇课程的第三天,四位姑娘艰难地从水中爬入救生筏,卡梅伦老师打趣说:"你们应该多去健身房。"回到学校后,她们立刻行动起来，在体能教练黄雄汉的指导下进行了为期一个多月的力量训练，逐渐补齐了短板。在英国集训时的第五周长划，是她们第一次在没有教练的护航下进行的长距离划行。正是由于教练的缺席，四位姑娘才得以发现问题并独自解决问题，同时也学会了如何与自然和谐相处。漫长的训练后，四位姑娘提前一个月到达西班牙进行赛前准备。

扬帆起航，创造奇迹

为了参加这次比赛，四位姑娘进行了9个多月的艰苦训练，她们对这次比赛充满信心。2017年12月14日，四位姑娘带着初生牛犊不怕虎的勇气，怀着激动的心情，在所有参赛队伍中第一个划船驶出港口。

作为此项赛事最年轻的一支参赛队伍，她们既没有体能优势也没有经验优势，出发前她们甚至被实力强劲的挪威队嘲笑："你们根本不可能完成比赛！"外国参赛队的质疑与嘲笑反而激发了姑娘们的斗志。

作为一项全程无补给的比赛，四位姑娘的食物只有出发前携带的脱水食品，口感和味道都很差，只能匆匆下咽。高强度的体能消耗，30多天下来每个人都瘦了近10公斤，仅有的淡水只能用于饮用，洗澡只能借着偶尔天降的雨水。这让她们学会了"观天象"，每次远远地看到可能要下雨的云飘过来，她们就开始抹洗发水、抹香皂。有一次，抹完洗发水后，雨下了几分钟就停了，随后的一个星期，她们的整个头都散发着洗发水的味道。海水打在身上会留下盐分，在烈日的暴晒下，四位姑娘如同"咸鱼"一般，被炙烤着，煎熬着，继续前行。

情境再现

陈钰丽：姐妹们，第一天我们就甩开挪威队5海里[1]啦。

1　1海里＝1.852公里。

黎晓冰：太好了，我们现在领先了。

梁敏甜：既然领先了，队长，我们庆祝一下吧。我给大家讲个笑话，如何？

黎晓冰：不要……

陈钰丽：正好划热了，让她给我们讲个笑话凉快凉快嘛。

梁敏甜：讨厌！我讲了啊。我跟你们说，这个世界上真的有龙，我在做美甲的时候，就被"一条龙"服务过。哈哈哈……不好笑吗？

孟亚洁：你看我们几个谁笑了？

梁敏甜：你们是没笑，但是海笑（啸）了，海笑（啸）了！哈哈哈……还是不好笑吗？

陈钰丽：好了，都别闹了。我们要保持领先，继续前进。

合：好！

黎晓冰：你们说，咱们能横渡大西洋吗？

孟亚洁：没问题！那些外国选手老嘲笑咱们，说咱们根本不可能横渡大西洋。我们就让他们看看，我们中国姑娘也行！

合：对，我们行！中国队最强，横渡大西洋！

（但是，横渡大西洋远没有想象的那样简单，尤其是海上的夜晚……）

梁敏甜：队长，只有海浪声，我害怕。

孟亚洁：对啊，这大西洋的黑夜也太恐怖了，一片漆黑，连迎面打来的浪都看不见。

梁敏甜：就是，没准咱们船的周围就有鲨鱼，没准还有水怪……

陈钰丽：这海浪声听着确实有点害怕，晓冰，要不咱们放会儿音乐吧。

黎晓冰：哎，没电了……怎么办？

梁敏甜：不如咱们自己唱，我们来个海上演唱会！

合：好啊！知道什么叫天高地厚，内心的天空，也要懂得探究，知道什么是海市蜃楼，人海的感受，也要去进修，知识跟世界细水长流，智慧用思考照明宇宙……

梁敏甜：看，太阳出来啦！我们战胜了黑夜！

黎晓冰：不，是我们战胜了内心的恐惧，让我们继续前进！

合：对，继续前进。中国队最强，横渡大西洋！

浪中脱险，情比金坚

大西洋的航程不会一帆风顺，有时连续数天的恶劣天气，让四位姑娘的划行变得异常艰难。划艇上的仪器记录显示，大西洋上的风速最快可以达到25节（1节＝1海里/小时）。面对雷电交加的暴风雨，10米高的巨浪，两次海啸预警，她们只能划着桨勉力支撑。在大自然面前，四位姑娘显得那么脆弱、渺小。但最可怕的还是不知何时会到来的生死一线的危急时刻。"大西洋带来的震撼实在是难以言表，比赛的前两周，面对大西洋我都有点害怕。"黎晓冰回忆道，"活了二十多年，第一次看到三层楼高的海浪从十米开外向我们扑过来。"那是比赛的第20天，连续三个大浪扑向她们。前两个浪打过来的时候，她们还没有在意，没想到，第三个大浪足足有三层楼高，瞬间就将她们的划艇掀翻了！在划艇被掀翻的一瞬间，队员们来不及做出任何反应。原本在甲板上的黎晓冰、陈钰丽、梁敏甜尖叫着掉进冰冷的海水中。

就要在这里结束航程了吗？就要留在这大西洋的海底了吗？各种消极的心理暗示不时出现在队员们的脑海里。然而，上天是眷顾她们的。孟亚洁因为轮休正在船舱里睡觉，一阵天旋地转瞬间让她惊醒。虽然脑海中经历了短暂的空白，但她的第一反应是拉住舱门的把手。短短几秒钟，划艇又重新回到了海面上。因为海洋划艇的设计，两边的船舱只要没有进水，即使船翻了，充满空气的船舱也会像浮箱一样使划艇翻转回来。但是关舱门也是一件很危险的事情，一旦划艇无法翻转，巨大的水压会让船舱内的人更加难以逃出。在那一刻，这个刚刚二十岁出头的女生的第一反应不是逃命，而是怎样继续航程。

这一天，也是孟亚洁的生日。姑娘们拿出了仅有的一袋薯片为孟亚洁庆祝了这个特别的生日。队长陈钰丽当时的心情是：'大家都还活着真好，我们四个人在一起真好。"四个女孩面对困难毫不退缩："人没事，船没事，我们就还能继续！"她们的心里依然默念着那个字——"划"！

然而，令她们惧怕的除了海上的狂风巨浪之外，还有风平浪静。平静的大海就意味着划艇失去了反浪的助力，女孩们只能靠自己的力量艰难前行。航行第30天，她们身心疲惫，同时还面临着食物短缺的窘境，这是她们最难熬的一段航程。

情境再现

陈钰丽： 船翻回来了！大家都没事吧！
黎晓冰： 没事，没事。
梁敏甜： 没事……亚洁呢？
孟亚洁： 我在这儿呢！
梁敏甜： 亚洁，亚洁，你看见我的鞋了吗？
黎晓冰： 在你心里鞋比亚洁更重要啊？
梁敏甜： 怎么可能呢？在我心里，亚洁可比鞋……有味道多了。
陈钰丽： 都什么时候了还开玩笑。亚洁，多亏了你，要不是你把舱门关紧，我们这艘船可能就翻不回来了，我们这次大西洋之旅可能到这里就彻底结束了，我们四个人可能就永远留在这大西洋的海底了。

孟亚洁：咱们什么时候才能到终点啊，我不想划了。

黎晓冰：我也不想划了。

陈钰丽：都划到这儿了，我们离胜利就差一步了，不能泄气啊。

梁敏甜：什么一步，还有500海里呢。

黎晓冰：就是，还得划好多天呢。

孟亚洁：太累了，我们都不想再划了。

陈钰丽：我有个方法。要不我说一个明星的名字，我们就划一下？晓冰，好不好？

黎晓冰：（无奈）好……

陈钰丽：亚洁，好不好吗？

孟亚洁：（无奈）好……

陈钰丽：刘德——

　　合：（华）划！

陈钰丽：黄日——

　　合：（华）划！

陈钰丽：陈凤——

合：（华）划！

孟亚洁：停！陈凤华是哪个明星啊？

陈钰丽：陈凤华是我二舅妈。

孟亚洁：好！二舅妈！

合：划！中国队最强，横渡大西洋！划！划！划！

中国故事扫码看

全力以赴，不负韶华

在整个比赛过程中，四位姑娘一直记着教练在出发前说的一句话：Keep the boat moving forward。在这34天里，为了维持前进的速度，姑娘们两人或三人一组，每隔两小时换班一次，以确保划艇在比赛全程中全天24小时不间断前行。

中国姑娘们的坚忍，让刚出发不久的"功夫茶茶"就遥遥领先其他参赛队伍。然而，日夜无休超长时间的划行，孤零零地漂浮在变幻莫测的大西洋上，姑娘们的身心和意志都在经受严酷的考验，手掌、膝盖起泡脱皮。由于要长时间维持一个握桨姿势，手会比较僵硬，指骨也常常会有疼痛感。每次轮换时，被换的队员都会说："你稍等一会儿，我要先找着我的手。"

在划行第三周，太阳比较晒，风浪也逐渐减小，女孩们与挪威队原本40海里的距离，逐渐缩小到26海里。这让她们第一次感受到来自竞争对手的压力。在最后的冲刺阶段，跟在后面的挪威队被甩开了120海里，自己即将成为女子队伍的第一名，而且将比原计划提前十几天完成比赛，即将打破世界纪录……想到这些，姑娘们更加热血沸腾。

航行到第34天，姑娘们看到了远处来自陆地的亮光……

陈钰丽：还剩5海里就抵达终点了。划完这5海里我们就是横渡大西洋史上最年轻的参赛队伍了！

孟亚洁：还剩4海里，划完这4海里我们就是第一支横渡大西洋的亚洲队伍了!

梁敏甜:还剩3海里,划完这3海里我们就是世界冠军了!

黎晓冰:还剩2海里,划完这2海里我们就打破世界纪录了!

四人合:还剩1海里,划完这1海里我们就为国争光了!划!

陈钰丽:看啊,我们到终点了!

四人合:我们成功啦!

2018年1月18日,安提瓜的港口灯火通明,当地居民、海外华人……黑压压的人群正站在岸上迎接女孩们的到来。四位姑娘将国旗高高扬起,现场的所有人顿时沸腾了,周围的船只不停地鸣笛祝贺。她们不仅代表了中国队,也用青春和热血向世界展示了中国年轻一代的坚强和自信。

中国之所以能够逐渐变得强大,离不开像梁敏甜、陈钰丽、孟亚洁、黎晓冰一样的新时代年轻人。他们用饱含热血的青春活力,用无所畏惧的巨大勇气,用永不服输的顽强毅力,用年轻人特有方式和力量,全力以赴,为实现中华民族伟大复兴的中国梦而奋斗着。

感悟非凡故事

34天在大西洋上划行,行程近5 000公里,烈日暴晒,缺水少粮,这对人的身心和意志都是一次非常严苛的挑战。但是这四位来自中国的姑娘,凭借她们的坚忍和乐观,坚定不移地向着目标前行。

她们很普通,却因热爱和奋斗显得不平凡。横渡大西洋不是她们的终点,而是她们青春之路的起点。四位姑娘用桨一桨一桨丈量出来的,绝不是近5 000公里的物理距离,而是中国年轻人青春的意义!

她们永远记得那句话:"中国队最强,横渡大西洋!"

琼中女足

    2005年底，足球教练肖山应恩师谷中声邀请，来到海南省琼中黎族苗族自治县，组建了海南省第一支业余女子足球队——琼中女足。就是这样一群刚开始连足球是什么都不知道的女孩，硬是凭借黎族姑娘吃苦耐劳、坚韧不拔、顽强向上的精神，屡获佳绩。2015—2017年，琼中女足在"哥德堡杯"世界青少年足球锦标赛中获得三连冠。2019年4月，琼中女足荣获第23届"中国青年五四奖章集体"。

铿锵玫瑰 初露锋芒
——大山深处走出的世界冠军

在曾经的国家级贫困县海南省琼中黎族苗族自治县，有一群平均年龄只有14岁的踢足球的女孩。对她们来说，贫困里能生长出多少渴望，她们就有多少信念；足球梦里能蕴含多少能量，她们脚下就有多少力量。她们在一位"足球老爸"的带领下，努力改变命运，走出了大山，走出了国门，赢得了全世界的瞩目……

中国故事扫码听

走进非凡故事

足球是世界第一运动，足球梦是几代中国足球人的中国梦，也是无数球迷的中国梦。2018年俄罗斯世界杯期间，中国球迷购买了4万多张球票，位列总销售榜第九名。赛前，白岩松的犀利点评，"这么说吧，俄罗斯世界杯，中国除了足球队没去，基本上其他都去了"[1]，非常扎心。

多年来，中国足球经历了多次梦碎绿茵场的失败，但却有一支球队，三次夺得世界冠军！它的名字叫"琼中女足"。

素有"小世界杯"之称的"哥德堡杯"世界青少年足球锦标赛，是全球规模最大的世界级青少年足球比赛。琼中女足在教练肖山的带领下，连续三年夺得该项赛事冠军。

琼中女足夺冠

---

1 中国球迷购买的俄罗斯世界杯门票超过4万张，在所有国家当中排名第九；在俄罗斯世界杯的17个赞助商中，中国企业占据5席；俄罗斯世界杯吉祥物"扎比瓦卡"和世界杯纪念币银章由中国制造；把球星和球迷运送到场内和看台的设备是中国制造的大吨位电梯……

琼中女足的队员们原本的人生轨迹应该是外出打工，或者过几年就嫁作他人妇，生儿育女，但因为一个壮志未酬的外来男子，一个把自己的梦想"搞砸了"的人——肖山[1]的到来，她们的人生从此打开了另一扇门——通过踢足球改变人生！

讲述非凡故事

琼中黎族苗族自治县位于海南岛中部，被大山环绕，生活在这里的人以务农为生。在这样的环境下，有一群人诞生了一个共同的梦想——踢足球。

2005年底，肖山接到恩师谷中声的邀请，来到海南省琼中黎族苗族自治县。在这之前，他正在湖南一个足球俱乐部当教练，保底月薪3万元，过着悠闲自在的生活，从来没有想过自己的人生竟会与千里之外的贫困县产生联系。

恩师的一句话打动了他："这么多年了，中国足球总上不去，就是因为愿意吃苦的人太少。你过来吧，我们一起做点有梦想的事。""梦想"两个字刺痛了肖山，如果能在海南开拓一片天地，也许能延续自己的足球梦想。经过一番考虑，他最终决定辞职。

情境再现

谷： 肖教练，你可算来了。我还以为你不来了呢？

肖： 别客气，您是我的启蒙教练，您叫我来，我必须得来！

谷： 姑娘们，上……

队员们： 欢迎欢迎，热烈欢迎……

肖： 行了，谷指导，欢迎的队伍就不用上了，直接上队员吧！

---

[1] 肖山，1966年3月出生，毕业于上海体育学院，海南省琼中县琼中中学体育教师，琼中县女子足球队主教练。在2012年"寻找最美乡村教师"大型公益活动评选中，他脱颖而出，荣获全国十大"最美乡村教师"称号。

谷：她们就是队员。

肖：女足？我有点儿事先走了。

谷：别别别……你看看她们的精神状态。姑娘们，把咱们的口号响亮整齐地喊出来。

队员们：我想进国家队！我想进国家队！……

肖：你们踢过球吗？

黄巧祥：我踢过，昨天，我刚把我弟的篮球给踢爆了。

肖：我真教不了你们。

队长：教练，别走，我们是不是哪里做错了？

肖：是，她就不该说踢篮球。

黄巧祥：我明白了，我应该说踢铅球，显得我脚劲大。

肖：踢球，不是光靠脚劲大就能踢好的。我问你们：为什么想踢球？

队长：我想夺冠。

肖：其他人也是吗？

队员们：是，我们想夺冠。

肖：我最多就教你们两个月，等给你们找到新教练，我还得回去。都站好了，训练！

筚路蓝缕，白手起家

当地曾经流传着这样一个说法，一琼二白三保亭，指的就是琼中、白沙、保亭三地是海南岛的贫困地区，而琼中是其中最贫困的。尽管肖山早就做好了心理准备，但还是被当地的困难条件吓到了。在这里，他看到了谷中声所说的"坚强得让他落泪"的女孩们。这群姑娘个子都不高，但由于从小就在山里跑动，四肢协调、灵敏，具有很好的运动基础和发展潜力，因此，肖山暗下决心：我一定要让这群姑娘走出大山，改变命运。

肖山在选队员时，大多数孩子都是光着脚直接过来的。测试的时候，孩子们都光着脚在草地上跑。他试了一下，光脚走在草地上都特别疼。再看看孩子们不但光脚跑，而且跑得很快，完全不受影响，当时他就觉得很感动。

肖山曾问过这群姑娘："你们为什么报名踢足球？"姑娘们的回答出奇一致："因为参加球队不用交米[1]，还有鞋穿。"

就这样，肖山和谷中声用了几个月时间，从1 000多名山区学生中，选拔出首批24名队员，最小的年仅11岁，最大的也才13岁。这些女孩80%虽身在海南但却从没见过海。她们有的在田里割稻子，有的在树上掏鸟窝，有的拿石头搭灶煮饭……穿鞋的反而跑不过光脚的。刚开始，她们对足球一窍不通，根本就不知道足球是什么。就是这样一群质朴的山村女孩被肖山"淘"了出来，组成了琼中女足。

琼中女足刚成立的时候，肖山告诉队员们："中国队要夺冠。"孩子们问："是什么冠军？"他想了想回答："世界冠军！好好踢球，你们会看到更美的世界。"

"饿"是第一批队员共同的记忆。当时，队员们的伙食标准是每人每天5元钱，在体能消耗极大的情况下，根本吃不饱。有时候，吃完饭从食堂走到宿舍，队员们就饿了。为了节省开支和给孩子们补充营养，肖山把球场旁

---

1 交米是琼中学生的惯例。因为学生们的家在偏远山区，每周到学校上学时，他们都要背上大米，作为一周的口粮。对于贫困家庭来说，这也是一个不小的负担。

边的一块荒地开垦成菜园，分给队员们种菜。每天早晨训练完，姑娘们的第一件事情就是为自己的菜园施肥浇水。几年下来，姑娘们个个都成了种菜能手，地里的茄子、生菜、大葱都长得很好，球队也因此有

队员们给菜浇水

了更多蔬菜补给。吃的问题解决了，住还没有着落。

　　球队没有专门的宿舍，大家在一间废弃的教室里摆了20多张床，所有队员挤在一起。当时正值夏季，天气很热，球队没有条件装风扇，住在里面就像蒸桑拿一样。队员们倒是很看得开，笑着说："让前门开着，后门开着，风就把我们的汗吹干了。"

　　孩子们从不知道"苦"是什么，只知道吃苦耐劳、坚韧不拔。她们说："我们要夺冠！我们要看见更美好的世界！"孩子们的这些信念和表现坚定了肖山坚持下去的信心。

　　为了提高身体素质和快速进入足球训练状态，队员们每天早上5点30分就开始训练，先围绕操场跑10圈，每圈400米，然后颠球，熟悉球性，直至两个小时后上课。下午放学后，16点30分，她们又开始进行运球、传球和停球等基本技术动作训练，还要在4分钟内跑完800米，直至天黑。为了在基础水平有限的情况下快速进步，姑娘们周六、周日、寒暑假都不休息，而且训练时间还要相应延长。琼中地区雨水特别多，但即便在滂沱大雨中，面对电闪雷鸣，姑娘们也没有一个懈怠退缩。

　　对于姑娘们而言，最大的"敌人"是伤病。由于球场坑洼不平、积水严重、满地石子，队员们经常受伤，甚至脚踝骨裂。也正是因为如此，在割草的同时，姑娘们又多了一项任务——捡石头。只有把石头捡干净，把草除干净，才能有一片合适的草坪供她们练习足球。肖山说："这群大山里的孩子，最大的特点就是能吃苦，这让我很感动。"

　　姑娘们常年在高温和烈日下训练，个个黝黑，加之球队规定不能留长发，

所以个个都像假小子一样。队员说，以前全队出去，街上老有人在背后议论他们是男的还是女的，队员们只是一笑了之。买东西时，店主经常问："小伙子，买什么？"买内衣时，更是被人投以怀疑和异样的眼光……"我们都习惯了，我觉得大家黑了挺好，挺健康的，说明我们更结实了。"一个队员笑着说。

队员们给训练场地除草

梦想起航，百折不挠

前三个月，姑娘们累到哭都哭不出来。但三个月后，这群原本对足球什么都不懂的姑娘发生了脱胎换骨的改变，颠球数平均达到100个，最高的达到200个，头球平均20多个，12分钟跑普遍提高了400米，已经达到了同龄男队员的水平。

为了养活球队的女孩们，肖山和妻子四处想办法筹钱，还经常拿出自己的积蓄垫上，球队甚至要靠大家在训练之后捡垃圾卖钱来维持。一些业余男足想和女足比赛，肖山唯一的要求是，比赛可以，但不论输赢，都要帮女足球员买一双训练鞋。这样的足球鞋25元左右一双，可是她们有时就连这样最基础的足球鞋也买不起。

动摇肖山的，不是物质上的不足，而是县里有人指责他把姑娘们"当猴

训练中的队员们

被队员穿破的球鞋

要"……无止境的谣言让生性耿直的肖山无力招架，也无法辩解，他的内心深处也因此产生了一丝动摇。

一次训练结束后，肖山心想，"我还是回家干老本行吧"。当他收拾好行李走到楼下时，却发现姑娘们早已在那等候，原来她们在训练时就察觉到了教练的异常。

一个姑娘把唯一能拿得出手的礼物——一瓶黄辣椒酱塞到肖山手里。肖山眼角一湿，顿时心就软了，把行李往地上一扔，坚定地说："不走了！"

情境再现

肖：姑娘们，原谅我的不辞而别，这是我送给你们最后的礼物，保重吧！

队长：集合！

队员们：教练早！

肖：你们今天怎么来这么早？快看，那是俱乐部赞助的新球鞋。

队员们：有鞋……

肖：你怎么不去换鞋啊？

守门员：教练，谷爷爷都告诉我了，您真的要走吗？

肖：嗯。

守门员：为什么？

肖：我不忍心看你们被累垮，你们训练条件太差了，伙食也经常只有萝卜没有肉。

守门员：没事，教练，我们不会被累垮的，我们以后可以不光吃萝卜。

肖：那吃什么呀？

守门员：吃白菜，我家是种白菜的。

肖：你们爱吃白菜吗？

守门员：萝卜白菜，各有所爱。

队员们：这鞋好大……

队长：教练，为什么我们的鞋那么大？

肖：这些球鞋都是俱乐部赞助的，人家只有男足，所以赞助的都是大号的球鞋。

菠萝：没关系，教练，鞋大我也可以做动作。教练你看！

守门员：别笑了，你们知道吗？教练要走了……你们同意吗？

队员们：不同意！

吉艳磊：教练，您为什么要走呀，是我们练得不够努力吗？

肖：不是。

吉艳磊：那您为什么要走？

肖：我是不想看到你们在夺冠前就被累垮。

队员们：我们不怕！

肖：你们在训练条件上都已经输给别人了，连新球鞋都是43号的。鞋这么大怎么训练？

队员：教练，没关系，鞋大我们可以多穿几双袜子。

罗：对，我穿三双。

队员：我脚小，可以穿五双。

队员们：教练，您别走了。

吉艳磊：教练，您不是说过，要带我们一起夺冠的吗？

肖：（叹气）别说了，回去吧……

队员们：一二三，琼中女足，加油，加油，加油！

肖：（吹哨）训练！

随后，肖山经常自费给队员们完善装备，制定训练食谱。经过三年的刻苦训练，琼中女足在2008年冬季参加了中学生联赛南区冬训。比赛前夕，姑娘们满怀信心，但在这次联赛中，首轮就遭遇劲敌，一开始就大比分落后，接下来更是屡战屡败，最终惨遭淘汰。

输掉比赛后，队员们几天都打不起精神，甚至不敢去食堂吃饭，她们害怕看到教练失望的眼神。肖山劝了她们好多次也不管用，最后他急了："你们不是说不怕被击垮吗？不是说要夺冠吗？今天她们打我们5：0，明天打回

输球后伤心的队员

在雨中训练的队员

来不就完了吗？这世界上有只赢不输的道理吗？有吗？！"

这一番话让队员们的劲头回来了。姑娘们擦干眼泪，加倍努力，开始向"赢球"的目标进发，她们相信自己终将成为最美的铿锵玫瑰。

情境再现

  肖：怎么了！都好几天了，一个个还垂头丧气的！没事啊，不就是输了几场球吗？咱们来年再战。

队长：教练，我们有个礼物要送给你。

  肖：什么呀？……送我火车票干什么？

队员：教练，您还是走吧。对不起，我们耽误了您这么长时间。

队长：教练，我想回家了，不想踢球了。

  肖：不想踢球了？为什么？

队长：因为我们不是踢球的料，根本夺不了冠。

  肖：其他人呢？也是这意思？

  （队员们含泪点头）

  肖：好，很好，其实，我早就该走了。

  （队员们低头沉默）

  肖：你们不是说就想踢球吗？不是说不会被击垮吗？不是说想夺冠吗？

说话！你们太让我失望了，不就是输了几场比赛吗？我问你们，世界上有只赢不输的道理吗？有吗？！……当初我来的时候就说要走，你们非不让我走，后来我说你们坚持不了我要走，你们还是不让我走，现在倒好，输球了，知道丢人了，想赶我走了？是吧？我告诉你们，我不走，我要是不带着你们夺冠，我这辈子都不走了！

队长：集合！

肖：（吹哨）训练！

中国故事扫码看

回到操场上的女孩子们训练更加拼命。肖山只要不吹哨子，她们就会一直训练，训练到筋疲力尽为止。很多姑娘偷偷对肖山的妻子说："师母，您让师父不要对我们失望，我们一定会把输掉的比赛都赢回来。"

姑娘们并没有食言。2009年，她们在全国U16女子足球联赛中获得第六名，在全国U16足球锦标赛中获得第三名。2010年，成为海南省历史上首支冲进全国U18女子足球锦标赛的球队，并在该项赛事中获得第四名。2011年，在全国中学生运动会女足比赛中获得第七名，两名球员入选国家女子足球队中青集训队。2012年，在全国大学生女子足球锦标赛中获得第三名，首批队员通过努力进入大学校园，还有几人进入了国家女子足球队国青集训队。

风雨彩虹，铿锵玫瑰

经过近十年的磨炼，琼中女足在"2015斯凯孚（SKF）'与世界有约'希望工程青少年足球邀请赛"中夺得冠军，获得了代表中国前往瑞典参加2015年"哥德堡杯"世界青少年足球锦标赛的资格。当她们走上赛场的时候，除了她们自己，没有任何人相信她们，而她们竟然一鼓作气取得六连胜，杀入决赛。国外媒体疯了一样发问："这些中国孩子受训于哪家豪门俱乐部？"面对这样的疑问，肖山只能苦笑。因为在之前的比赛中，连对手赛后交换球衣的要求都被队员们谢绝了，因为这支"豪门球队"只有一套能用来比赛的球衣。

2015年7月17日，"哥德堡杯"世界青少年足球锦标赛U12女子组决赛，中国海南琼中女足对战瑞典阿卡德米女足。姑娘们怀揣坚定的梦想走上赛场，宛如出鞘的利剑势不可挡！最终，她们夺得了冠军！

面对琼中女足夺冠，有的人祝福，有的人冷语，"她们不是技术好，而是运气好，对手发挥失常，中国队捡了便宜"。肖山知道为什么有人质疑她们的胜利，因为她们太普通了，她们不是豪门俱乐部后备队，只是一群从中国偏远农村来的孩子。于是，肖山告诉孩子们："如果一次成功还不能证明自己，那么，我们再来一次！"

2016年"哥德堡杯"世界青少年足球锦标赛，琼中女足在U14女子组决赛中力挫来自挪威的强敌，再次夺得冠军。此时，全场沸腾了，她们又一次向世界证明了自己。这一次，再也没有人质疑她们的实力。

2017年"哥德堡杯"世界青少年足球锦标赛，所有国际强队面对两连冠的琼中女足都如临大敌。最终，琼中女足再一次夺得U14女子组冠军。

不是出自豪门俱乐部，没有精良的训练场地和设施，也没有到世界各地参加比赛集训的机会，她们最开始选择踢足球，甚至只是为了能给家里节约一点米，出去看看美好的世界，可她们却一路披荆斩棘，力挫皇马、巴萨等足球豪门的后备队，一次次蝉联世界冠军，斩获了三连冠！

肖山刚来琼中时曾经许下一个愿望：通过足球改变这些山里孩子的命运，让他们上大学。尽管每天都要训练5小时，但姑娘们的文化课丝毫没有落下。2011年，琼中女足的6名队员以国家一级运动员的身份考入海南师范大学，另有7名队员也考上了大学。当初将女儿送到琼中女足的家长们做梦也没有想过，本该退学回家干活、嫁人的孩子竟然可以考上大学。

足球改变了这些山村女孩的命运，而这些女孩也凭借足球成为中国的骄傲与传奇。从这些女孩身上，我们看到中国青少年无论面对什么样的艰难，仍然能够立志逆袭的可贵精神。今天，"足球老爸"肖山和"铿锵玫瑰"是中国足球开出的最美的花；明天，这些最美的花也许会结出更丰硕的果实。

感悟非凡故事

琼中女足姑娘们的坚持让人感动！从大山里的孩子到世界冠军，足球改变了她们的一生，她们也向世界证明了新时代中国足球小将的精神与实力。

姑娘们用吃苦耐劳、坚韧不拔的精神和自己的不懈努力赢下了"人生的世界杯"。我们常说，梦想可以照亮人生。正是谷中声和肖山两位教练最初的梦想，照亮了这群姑娘的人生，他们用世界冠军的成绩圆了自己的梦想，也圆了中国球迷们的梦想！

刘磊磊

    刘磊磊，1985年出生于山东省青岛市，中国女子柔道队的男陪练。2001年，年仅16岁的他因为柔道成绩优异，身体条件和柔道技术突出，被选入国家柔道队。后因国家需要，成为中国女子柔道队的一名男陪练。16年，5 800多个日日夜夜，被摔约284万次，朴实害羞的山东大汉用生命中最美好的时光陪出二十余位女子柔道世界冠军。刘磊磊身上大大小小的伤病有许多，但他最大的骄傲是，"十六年来，我从未让运动员受过一次伤"。

奉献青春 无私无悔
——陪摔出二十余位世界冠军的幕后英雄

在中国女子柔道队,有这样一个特殊的群体,他们每天被摔500多次,他们可能永远都不会站上冠军领奖台,却坚持默默付出,成就了中国女子柔道队8块奥运会金牌、4块银牌、4块铜牌,13次世界锦标赛冠军,以及无数次世界赛事冠军的辉煌战绩。他们就是中国女子柔道队的男子陪练们!

中国故事扫码听

走进非凡故事

2017年，一部印度电影《摔跤吧！爸爸》风靡全球，我们在为这个印度女子摔跤世界冠军的拼搏而感动的同时，更看到了在她背后默默付出的父亲的感人形象。父亲放弃了自己的冠军梦，成为成就冠军女儿的"幕后英雄"。

从1992年巴塞罗那奥运会设置女子柔道项目以来，中国女子柔道队用汗水浇灌出来的骄人成绩，向全国人民交出了一份满意的答卷。这些沉甸甸的奖牌背后，有一群默默付出的特殊群体——女子柔道冠军背后的男子陪练们。他们中的每个人每天几乎都要被摔500多次，正是因为他们多年的默默付出和无私奉献，才使得中国女子柔道队不断创造辉煌战绩。

在柔道运动界有这样一句话：只有有更厉害的陪练，才能有更厉害的冠军。这些几乎从未登上国际赛场的陪练们，却有着比冠军运动员更加丰富的实战经验，刘磊磊便是他们中的一员。

讲述非凡故事

陪练是我国竞技体育中的一个庞大群体。曾经有人这样形容：每一个世界冠军背后，都有一群陪练在无私付出。当奥运选手们站上领奖台时，背后也有他们的一份功劳。可惜的是，很少有人知道他们的名字。退役后，陪练们大多默默无闻，悄无声息，有的甚至连生活都难以为继。

"没有陪练，哪有冠军；要做更厉害的陪练，成就更厉害的冠军。"这是我国女子柔道国家队有史以来担任陪练时间最长的刘磊磊的热血宣言，更是无数冠军背后默默付出者们的精神宣言。从2001年开始担任陪练，到2017年退役，刘磊磊每天陪练8小时，被摔500多次，整整16年，累计被摔约284万次。为了不让队员受伤，他还经常自己承担受伤的风险。

情境再现

壮壮： 磊磊，那些女汉子摔你的时候，你疼不疼？

磊磊： 疼啊。

壮壮： 那你为什么不叫？

磊磊： 我一叫，她们就不敢对我下死手了，训练场上不来真的，赛场上怎么拿冠军？

壮壮： 说得有道理啊……我听他们说你爸一会儿要来。

磊磊： 谁？

壮壮： 你爸。诶！不对呀，我怎么一提到你爸要来，你就特别地激动。叔叔来是好事啊，你激动什么呀？

磊磊： 我爸只知道我是一个能拿金牌的运动员，如果让他知道我只是一个陪练，他会活活拍死我的！

……

爸爸： 磊磊！

磊磊： 爸！

爸爸： 别动，别动！让爸看看，这么多年不回家，瘦了！磊磊，我听电视上说，你们又要出去比赛了？

磊磊： 对。

爸爸： 我来得太是时候了。看，爸给你带什么好东西了，蚊香，电蚊香，高压电蚊拍，这个……（从包里拿出烧鸡）闻着都香！磊磊，爸就知道你喜欢吃这个，这是我从老家给你带来的。

壮壮： 大爷，你这套行头太狠了，您跟蚊子到底有多大仇啊？

爸爸： 你听我跟你说，自从我们家磊磊进入国家队以后，电视上一共有三次重大比赛，可是我一次都没看到过他。那我就得问啊，第一次没看着，磊磊跟我说，因为打蚊子，伤着天灵盖儿了；第二次没看着，磊磊跟我说，因为打蚊子，伤着波棱盖儿了；第三次没看着，磊磊跟我说，因为打蚊子，伤着指甲盖儿了。我就纳闷了，你说咋就这么多蚊子呢?

磊磊：爸，我们马上要开始训练了，要不您先回去?

爸爸：我不走，爸就在这儿给你当拉拉队。

壮壮：大爷，是这么回事，您在这儿，磊磊就会注意力不集中，注意力不集中就会受伤，一受伤就参加不了比赛，就拿不了冠军了……

爸爸：（瞬间拎包撤离）再见!

壮壮：看来，你爸真想让你当冠军。你回头啊，真得跟他好好说说。
……

磊磊：接着来啊! 不要停，不要把我当成陪练，就当是你的对手，快，认真点，再狠点!

磊磊：（磊磊转身发现爸爸）爸!

爸爸：（拉磊磊走）走! 咱们回家。

磊磊：爸，你这是干啥啊? 我不能走，她们马上就要出国比赛了!

爸爸：人家出国比赛跟你有啥关系? 从小到大我都没动过你一根手指头，可是你在这儿让人家当沙袋一样摔来摔去，我看不下去，你跟我走。

磊磊：爸，我们正在训练，训练一开始，就不能停。

爸爸：好! 今天我在这儿，我看谁敢动我儿子!

058

磊磊： 爸，我说了，训练开始，天王老子来了也不能停！

壮壮： 大爷，我也是个陪练。我知道，每个当父母的都想让自己的孩子当冠军，可是如果没有陪练，哪来的冠军呢？我们教练说过，一个国家只有拥有了更厉害的陪练，才能拥有更厉害的冠军！

磊磊： 爸，我可能这辈子都上不了赛场，但在这里，我会陪出更多的冠军，我觉得这比我自己拿冠军更有意义！

中国故事扫码看

获得女子柔道"冠军"最多的男运动员

1999年，刘磊磊刚上初一。当时的他酷爱运动，于是父母把他送到即墨区市北中学练习铅球。2000年9月，青岛籍柔道运动员李淑芳获得悉尼奥运会银牌，借此机会，青岛市成立了黑妹柔道学校。刘磊磊被送到柔道学校学习，成为这所学校的第一批学生。

没过多久，刘磊磊就被青岛市柔道队选中，成为一名专业柔道运动员。当时的他，已经是一名身高180厘米、一顿饭能吃一百多个饺子、体重逾100公斤的大号少年。由于超常的身体条件和优异的运动成绩，2001年刘磊磊从青岛的柔道学校被选入国家柔道队。

同许多运动员一样，刘磊磊也曾憧憬过在国际大赛中夺冠。但是，柔道是一项对抗性运动，运动员的水平在很大程度上取决于陪练的能力，当时的国家女子柔道队夺冠希望更大，正急需一名高水平男运动员做陪练。为了国家的需要，这位山东大汉就成了中国女子柔道队的男陪练，一干就是16年。

刘磊磊的第一个陪练对象是体重128公斤的佟文。刚开始训练，他就愣住了：我咋陪啊？教练让他趴在垫子上，他就傻傻地趴下。当天就练了一个动作——掀。刘磊磊趴在垫子上，佟文要摁住他的后领子，揪住裤底把他整个掀翻。刘磊磊需要全力防住这一下子，可他那时候没有经验，彻底充当了一次人肉沙包。一堂3小时的训练课下来，由于后肩与柔道服反复摩擦，血洇出来了……在完成了人生的第一次陪练课后，从被人羡慕到被人嘲讽，自己的梦想与现实形成巨大的落差，年轻的刘磊磊一度痛苦不已。晚上，他找了一个没人的地方，大哭了一场。那一刻，他不确定是否有人理解他在做什么。他原本以为有机会圆自己的柔道冠军梦，没想到却被女选手摔得尊严全无。但是，刘磊磊很快就调整好心态，积极投入陪练工作。训练场上谁需要他，他就上场陪练，有时还要同时陪练三名女队员。如果女队员的动作到位，他爬起来还得点评几句：摔得好！再来！

经过几年的磨炼，刘磊磊蜕变成一名优秀的柔道陪练。

"2008年北京奥运会，佟文上场前我还在后台陪她练习，当时外国选手见到我陪着佟文练都看傻了。别人异样的眼光我一点都不在乎。等到决赛时佟文上场，我记得很清楚，她一开始落后，比赛还剩十几秒的时候，我的心都提到嗓子眼儿了，最后佟文反败为胜，我在后台直接跳起来哭了。那种感觉，就跟我自己拿了冠军一样。"回想起那个场景，刘磊磊眼眶红了……

16年的职业生涯，并没有让刘磊磊收获和世界冠军一样象征荣耀的奖牌。但在他看来，自己最大的成绩是"从来没有让运动员在训练中受过一次伤"。"无论什么情况下，绝对不能让你陪练的运动员受伤，什么原因都不行！"正是由于刘磊磊具有高超的陪练技术，他陪练过的运动员有20多位成为世界冠军。如果说每一块金牌都有他的一部分，那么他就是获得女子柔道"冠军"最多的男运动员。

在同一个地方被摔约284万次的英雄

每天，都是500多次的摔倒，"摔得不错，加油！摔得好，再来！"

每天，都是500多次的摔倒，"动作到位，加油！摔我的时候，注意保护你自己，再来！"

每天，刘磊磊都要被不同的女运动员摔上好几百次。有时候，运动员的技术动作到位，他就会被摔得很远，重重地砸在地上。从地上爬起来后，他还用各种专业术语为运动员指正动作或者加油鼓劲，却始终没有喊出那个

"疼"字。因为他知道,他的每一次摔倒,都会让中国队站得更加稳健;他的每一次败阵,都会让中国队赢得更多胜利。奥运冠军孙福明说:"在国家队训练的时候,陪练是一个法宝,他们不仅陪我们训练,而且还要模仿各国运动员的技术特点,有针对性地陪我们进行模仿训练。就是这样的技战术训练,让我们知彼知己、百战百胜。好的陪练相当于半个教练。"

在国家队时,刘磊磊每天早上五点多起床,和运动员一起出早操,然后吃早饭。饭后运动员可以休息半小时,刘磊磊就要看看有没有什么可以帮运动员去做的,比如修自行车、采买生活用品等。在上午的训练课上,刘磊磊在被不同的运动员摔上百次的同时,还要爬起来告诉运动员这次动作哪里不标准,重新再来几次。运动员午饭后需要午睡,而刘磊磊要针对上午训练的问题寻找解决方案,或者看国外优秀选手比赛的视频并模仿她们的摔法。下午训练时,他就模仿运动员可能遇见的对手,帮助她们进行模拟练习。下午训练结束后,带着一身疲惫和伤病的刘磊磊还要和运动员们聊天,为她们疏导因一天的训练而产生的紧张情绪。晚上训练结束后,刘磊磊会到按摩室给一批又一批的运动员做放松按摩,一直到晚上十点送走最后一名运动员,他

刘磊磊陪练

才能拖着疲惫的身体回宿舍休息。这就是刘磊磊十分平常的一天！日复一日，他几乎每天都要和摔跤冠军进行高强度的训练，累到常人难以承受的极限。

刘霞备战2004年雅典奥运会时，正在拼命减体重。在一次实战训练中，刘霞背摔刘磊磊时忽然身体一软。如果当时140公斤的刘磊磊做自由落体运动，80公斤的刘霞势必会严重受伤。关键时刻，刘磊磊硬是用一只胳膊支撑自己全身重量，造成自己肩部严重受伤。医生建议他必须立即休息养伤，但是他硬挺着连打了三次封闭针，一直陪刘霞练到奥运会正式比赛前几天。刘霞在雅典奥运会上获得一块银牌。

为冲击2012年伦敦奥运金牌，北京奥运会柔道冠军杨秀丽身边围绕着6男7女共13名陪练，佟文的陪练达到20人次。"日本选手又矮又胖，欧洲选手又高又壮，古巴选手又高又瘦且普遍力量大。"刘磊磊说，"这些体重、身形各异的陪练们几乎模仿遍了运动员们将要迎战的全部对手。"

"陪练最大的难处就是，千万不能让你的主力队员受伤，任何情况下都不能。"这些年下来，刘磊磊时常受到各种内外伤病的困扰：丹毒化脓、腰椎骨裂、两个膝关节内侧韧带撕裂……他从来不告诉父母这些，直到这些事上了央视公益片，当初让他去练柔道的妈妈一看就大哭起来。"一次也没让主力队员受过伤"，这是伤病缠身的刘磊磊16年陪练生涯中最得意的收获。

在同一个地方摔倒两次的是败将，在同一个地方被摔约284万次的是英雄。

摔出来的爱情

对于刘磊磊来说，比较艰难的还是个人问题，尤其他是重量级选手，跟女孩接触最多的时候就是训练。刘磊磊的夫人相丽也曾是国家队的一名柔道运动员，最好成绩拿过全国第五名。刘磊磊2005年被江苏队借调过去给刘欢缘当陪练，相丽是刘欢缘的室友。当时刘磊磊刚到江苏队，在食堂排队打饭时经常有人插队，眼看好吃的都快被打完了，刘磊磊心里特别着急。这时，相丽从他身边一把拿过他的盘子说："我来给你打。"当时刘磊磊心里特别感动，打完饭后就坐到相丽旁边吃。就这样，两人逐渐熟悉起来。

在江苏队当陪练期间，刘磊磊也经常找机会陪相丽一起练，但练的时候总是各种"放水"，为的就是能多跟相丽聊天。陪练任务完成后，刘磊磊被调回青岛队。也许是上天的安排，当年他又一次被借调到江苏队。这次，他与备战大赛的主力运动员享受同样的用餐待遇，于是他每天都去食堂打很多好吃的，然后偷偷送到相丽的宿舍，这让其他女队员羡慕不已。就这样，他俩的相识从一次打饭开始，到每天打饭的巩固，最终确定了恋爱关系。

2009年全运会前，相丽在跟更大量级的女队员对抗实战时，左膝韧带部分断裂。当时的她正处于巅峰状态，即将面临两个选择：一是立即动手术，等四年以后再战，这样身体会康复得更好；二是打封闭针，继续系统训练，继续参赛，但对身体是个严峻的考验。相丽果断选择了后者，但是快到决赛时还是没能撑住。2010年8月，相丽正式退役，与刘磊磊举行了婚礼。

身为运动员的相丽，十分理解丈夫作为一名陪练的付出，也问过刘磊磊这样的付出值不值，她得到的回答是"很值！"。

感悟非凡故事

每位运动员的职业寿命都是有限的，他们的每一次付出，既是青春的挥洒，也是伟大的牺牲。像刘磊磊这样在冠军背后默默奉献的人，让我们在重新定义冠军的同时，更看到了新时代的今天，无数同他们一样的普通人，凭借默默地坚持，努力成就着属于自己的最伟大的胜利。

一枚奥运金牌的铸就不仅仅是运动员一个人的功劳，更离不开无数幕后英雄的奉献。在我们的奥运大军中，正是有了无数默默奉献自己青春和力量的"刘磊磊"，五星红旗才能一次次地在国际赛场上高高飘扬。

贾树志与"战神"

贾树志，1979年2月出生于内蒙古，1997年入伍，被称为"搜救犬之父"。2001年4月，中国国际救援队成立，外表强悍、内心细腻的贾树志主动请缨，通过层层选拔，成为一名搜救犬训导员，从此开始了与搜救犬相伴的生涯。他和战友们通过多年钻研和努力，将当初"一穷二白"的搜救犬队打造成了一支专业过硬的队伍。

贾树志从事搜救犬训导工作近20年，曾参加过我国汶川地震、玉树地震、都江堰泥石流以及阿尔及利亚地震等国内国际灾害救援。由于在历次救援中"屡建战功"，贾树志成为首位亚洲搜救犬考官，他培训的搜救犬也获得联合国颁发的国际高级搜救犬证书。他的心愿是能够继续培养更多优秀的队员和搜救犬，继续奋战在抢险救灾的第一线。

磨砺前行 屡建战功
——与时间赛跑、创生命奇迹的『犬王』和『战神』

在中国国际救援队,有这样一对搭档——"犬王"贾树志与搜救犬"战神"。在十多年的相依相伴和并肩作战中,"战神"和它的主人谱写了一次次救援传奇。当灾难降临时,"战神"在废墟瓦砾之间与时间赛跑,一次又一次地创造生命的奇迹。十多年间,它身经百战,成为名副其实的"战神"。"战神"走了,但还有许多新的"战神"在挽救更多的生命。它们是功臣,更是英雄。

中国故事扫码听

走进非凡故事

搜救犬是所有工作犬种中最受尊敬的犬种之一，它们就像一群无声的救援英雄，在地震、雪崩等各种灾难后帮助寻找和搜救失踪的幸存者。被称为"犬王"的贾树志，是中国国际救援队搜救犬队队长。

2001年，中国国际救援队搜救犬队成立。搜救犬队基地位于北京西南山区，拥有1∶1的仿真废墟和各种训练设施，犬队官兵和搜救犬就在这里生活和训练。

2003年，刚成立两年的中国国际救援队搜救犬队第一次走出国门，赴阿尔及利亚地震灾区展开救援行动。在一次救援中，他们只用了3分钟，就在废墟中找到了一名12岁小孩。

搜救犬队在编的搜救犬主要有5个不同的品种，分别是比利时牧羊犬、金毛寻回猎犬、拉布拉多猎犬、史宾格犬和德国牧羊犬。每种搜救犬都有自己擅长的领域：金毛、拉布拉多聪明无攻击性，德国牧羊犬体力和服从性好，比利时牧羊犬弹跳力强，史宾格犬则擅长进入狭窄空间搜索。

这支队伍有许多故事，我们今天要讲的就是一个训导员和一只搜救犬的故事。

讲述非凡故事

狗是人类最忠诚的朋友，它们嗅觉敏锐、听觉非凡，并且非常有灵性。很多狗发挥着它们的特长，无私地帮助着人类，搜救犬就是其中之一，但是想要成为一只合格的搜救犬，必须通过专业训导员的精挑细选和严格考核。

情境再现

耿：看，贾树志回来了。

张：狗也回来了。

耿：你这次又找了一只什么狗啊？

贾树志：土狗，我在路边捡的。

张：捡的？

贾树志：嗯，刚才我看它在路边快不行了，我带它去咱们的医务室打了一针。你俩看，它现在多精神！我想把它训练成搜救犬。

耿：什么？让你出去找好狗苗子，结果你捡了只野狗。它能成为好苗子吗！？

张：我来说说。狗的鼻头越大，分辨能力越强，你看它鼻头小的！

耿：搜救犬的腿必须得粗，你看它腿细的！能当好搜救犬吗？

贾树志：停！你们俩有没有听过一句老话？

耿、张：什么老话？

贾树志：狗不可貌相！

耿：还不可貌相呢！我跟你说，就算你行，这狗也不行！

贾树志：等着瞧吧！小伙计，咱俩现在就成为伙伴了。来，我给你起个名字。现在我们是战友，我给你起个名字叫战狼！

耿：人家是狗，你给起名狼！它妈能同意吗？

贾树志：那你说叫什么名字好？

耿：想成为好的搜救犬，咱们一定希望它越战越神，越战越勇，所以这只狗应该叫战……

贾树志：越！

张：哥，咱走吧，让他自己起吧！

贾树志：也是啊，战越这个名字确实不怎么好听。那叫战什么呢？哎，叫"战神"，这个名字好听，就叫"战神"吧！小战神，你看，他俩都瞧不起你，但我就看好你。你看，这是我特意给你准备的一身战

时间用在哪里 成功就在哪里

　　服，等你长大了，穿上它去拯救更多的幸存者。你要做最勇敢的战神，好不好？来，我俩握个手，咱们一言为定！

　　……

张：我宣布，战神的障碍考核成绩30秒15，本次考核，落选！

耿：我说什么来着？我就说它不是好苗子吧！我早就说了，这狗不行。这下好了吧，丢大人了吧！

贾树志：这次考核落选不怨战神，主要还是训练的时间不够。

耿：跟时间没有关系，这狗不行，你……也不行！

张：你知不知道，队长这次要提拔你，就这成绩，泡汤了吧！好好想想吧。

贾树志：战神，不要灰心，这只是第一次考核，以后机会还多着呢。人家不是说吗，我们时间用在哪里，成功就在哪里！来，咱们开始训练！

中国故事扫码看

　　为什么贾树志对"战神"如此执着呢？这还要从这一人一犬以及他们最初的相遇说起。

"犬王"与"战神"的蜕变

中国国际救援队搜救犬队成立之初,从小就喜欢狗的贾树志主动向上级申请,希望成为一名搜救犬训导员,但遭到领导和母亲的强烈反对。领导说训狗没有前途,母亲甚至说"还不如在部队养猪"。但是这些都没能改变贾树志做搜救犬训导员的决定。就这样,他将自己的青春全部投入到中国搜救犬训练的探索中,并用17年时间让这支"萌犬军队"扬威国际。

"犬队"刚成立时,毫无资料、毫无经验、毫无基础。在这种情况下,贾树志一头扎进书店,将训犬的书翻了个遍。他前脚出书店,后脚入犬舍,把大部分时间都花在犬舍里,对每一只搜救犬都进行了仔细研究。

刚开始,贾树志和12名训导员只能依托原北京军区军犬训练基地,参考军犬和警犬的训练方法。为了更专业地训练,贾树志独自一人前往欧洲学习,足迹遍布英国、德国、瑞士、荷兰、比利时等国家。为了学艺,他甚至还曾爬到树上"偷师"。经过不断磨炼,贾树志终于摸索出了一条训犬之道。

"犬和人一样,有自己的性格,每条犬的叫声都不一样。相处久了,它听得懂你,你也听得懂它。"贾树志说,"在救援现场,搜救犬开口,就说明找到幸存者了!"贾树志训的搜救犬是"犬王",大伙开玩笑也称他为"犬王"。

2005年,贾树志与"战神"相遇。"尾巴不停晃动,眼睛闪闪发光",第一眼,他便相中了这条刚满三个月的小狗。原本这是一只流浪狗,被贾树志捡回来后,战友和教官们都提出反对意见。有的说这只小狗"身子骨太瘦了,不适合咱这行",有的说"选拔成绩不太理想,训练起来有难度"。但贾树志并没有放弃,并给它取名为"战神",这个名字的真正含义是"战胜死神"。他深信这只小狗有灵气,一定能大有作为。

"战神"

起初，脾气急躁加上急于求成，贾树志对"战神"的训斥多于诱导，结果可想而知，经常是他说他的，"战神"根本不搭理。后来，他决定换一种方式和"战神"相处。慢慢地，在他的情感攻势下，"战神"放下了"傲气"，在接下来的服从课目训练中，"战神"的表现非常好。

随后，贾树志便开始加强对"战神"的搜救训练。"开始训练时，我们把毛巾放在腋下捂一下，然后让它嗅，或是用血、猪棒骨来训练它。"贾树志说，"后来与国外专业搜救人员交流时才发现，这种训练方法不正规。因为人体有300多种气味，共同的气味只有三四种。在国外，他们会使用不同年龄段、不同身体的人作为假想的被埋人员进行训练。"为此，贾树志常常动员全家充当被埋人员。有一次，他为了训练搜救婴儿，竟然瞒着妻子把自己六个月大的女儿抱去。由于孩子身上奶气太重，搜救犬没有找到，它的叫声还把孩子吓哭了。这次训练失败了，贾树志不甘心，于是抱着女儿第二次走进废墟。

"要想让搜救犬在救援中成功发现被埋人员，仅按照课目上的训练根本不够。人和犬之间要形成默契，一个眼神、一个动作往往就是对它最好的指导。"贾树志说。

经过贾树志的严格训练，"战神"飞快地成长着，最终不负所托，成为一只优秀的搜救犬，开启了它的救援生涯。

"战神"除了参加国内的救援任务以外，还参加了阿尔及利亚、伊朗、印度尼西亚、巴基斯坦、海地、新西兰、尼泊尔等多个国家的救援任务。12年间，"战神"和它的"战友"们共成功搜索定位34人，赢得了受援国和国际社会的广泛赞誉。

生死较量战无不胜

"战神"跟随贾树志踏遍了世界上很多极度危险的地方。汶川地震，它在；玉树地震，它在；尼泊尔地震，它在；蓟县山体滑坡，它在；舟曲泥石流，它也在……

2008年5月12日14时28分,四川汶川发生里氏8.0级特大地震。在汶川地震救援期间,"战神"和它的"战友"们成功定位幸存者22人,发现被埋在映秀镇宾馆废墟下124小时的幸存者;2010年玉树地震救援,搜救犬发现幸存者7人,并帮助其他救援队定位幸存者18人……最厉害的是,贾树志和战友们培养的搜救犬从来没有误报过。"残垣断壁,余震不断,在那种条件下,人和狗其实都很紧张。连生命探测仪也会出现误报,可咱们不会。"一说起犬队救援,队员们都很骄傲。

2009年,中国搜救犬接受联合国分级测试,不到5分钟,"战神"便成功定位一名"幸存者"。贾树志被怀疑作弊,但是面对质疑他没有争论,而是邀请国际裁判重新出题。结果,20分钟内,"战神"搜救出4名"幸存者",一举打破国际搜救犬作业纪录。有几十年驯犬经验的挪威考官竖起大拇指:"China NO.1! Good job!"

2010年青海玉树发生里氏7.1级特大地震,贾树志和"战神"一抵达玉树,就作为第一梯队来到结古镇的一座废墟前实施救援。中国国际救援队在地震灾区发现的第一位被埋群众就是他们共同完成的。

青海玉树,平均海拔高度4 493.4米,"战神"没有接受过高原缺氧方面的训练,严重的高原反应让这只曾在汶川和巴基斯坦地震救援中立下赫赫战功的英雄搜救犬虚弱得挪不开脚步。贾树志望着它,点点头。这是一个信任和鼓励的信号,"战神"上阵了。它在主搜索区域不断跑动,一处一处地嗅闻。在一块倒塌的楼板旁,它嗅完走开,突然又转过身重嗅,然后用前爪扒了几下。它的眼睛直直地盯着楼板的下面。它用眼神告诉贾树

"战神"在汶川地震灾区执行任务

"战神"在尼泊尔地震灾区执行任务

志,下面有幸存者。此时,由于缺氧,"战神"已经做不了其他动作了。锁定目标后,搜救队随后派出了第二条犬"啸天",确认了"战神"的判断:下面有生命!

在玉树救援8天,救援队带去的9条搜救犬一共从废墟下发现了7个人。

回忆里都是你最初的样子

转眼间,到了2016年,满身是伤的"战神"迎来了它的13岁生日,迈入"耄耋之年"。高山缺氧、热带障热、废墟余震,长期高强度高难度的训练和救援过早消耗了它的生命。肾脏衰竭,脊柱骨刺,无时无刻不在折磨着这位救援功臣。贾树志陪它看病、陪它吃、陪它睡,还是未能陪它迈入2017年。面对走到生命尽头的"战神",贾树志无能为力。在它即将离开的时候,贾树志带它去了定都峰,在那儿可以眺望天安门。贾树志说想让它离开前看一眼它用尽一生守护的地方。

根据部队规定,贾树志不得不将它送走。在离别的那一刻,"战神"的眼睛里含着不舍的泪水,依依不舍地与主人告别。贾树志转过身去,不愿意看它离开,突然"战神"又回头跑进来。贾树志听到狗叫声立刻转过身,与"战神"进行了最后一次告别……

2016年9月23日,"战神"带着它的荣耀离开了这个世界。贾树志得到这个消息之后,把"战神"埋在他们经常聊天的那棵树下。

救援队基地的后山有一块墓地。墓地由救援队员们自发组织开辟,自费建造。大小不一的墓碑整整齐齐地排成两行。望着这些墓碑,贾树志就能回想起"战神"最初的模样,回想起曾经与"战神"相依相伴的时光,回想起曾经与"战神"并肩作战的日子。贾树志说:"有一次,我的腰伤犯了,我只能让我的队友照顾它。'战神'每天早上的第一件事,就是到我的门前拱拱门,然后趴在窗台上,一直望着我。我知道,它离不开我,我更离不开它。"

如今,贾树志有了新的搭档,它叫"追风",但是贾树志更愿意叫他

"小战神"。"追风"和"战神"都特别喜欢训练,不知道累。特别是在执行命令方面,令行禁止,非常棒。贾树志表示,他要训练出更多的搜救犬,更多的"战神",为迎接各种自然灾害做好充分准备。

贾树志与"小战神"

感悟非凡故事

军人以服从命令为天职,搜救犬也不例外。在世界各地的重大灾害救援现场,我们总能看到搜救犬的身影。它们和我们的战士一起,以最快速度奔赴现场,身着橘红色救援服,背上印着醒目的"CHINA"字样,活跃在国际人道主义救援行动一线。无论是危机四伏的灾难现场,还是温暖祥和的宁静家园,作为人类最亲密的朋友,它们总是以无条件的爱和信任感动着我们。

没有哪一只狗生来就注定要成为搜救犬,注定要在最危险的灾难中工作,注定要为人类消耗自己的生命。但一旦成为搜救犬,它们一定会不顾安危,为了挽救更多的生命而拼尽全力。它们不只是人类最好的朋友,更是无言的英雄。

家国情怀

卓嘎（右一）、央宗（左一）与父亲桑杰曲巴（右二）（图片来源：解放军报）

桑杰曲巴，藏族，民兵，以放牧为生。1960年被任命为西藏自治区山南市隆子县玉麦乡第一任乡长，1988年光荣退休。1962年，桑杰曲巴牵着牦牛，带领乡里的青壮牧民为前线部队运送弹药和给养。2001年，玉麦乡公路修通，桑杰曲巴无憾离世。

卓嘎，桑杰曲巴的大女儿；央宗，桑杰曲巴的小女儿。两人都是玉麦乡的村民，卓嘎曾在1998—2011年担任玉麦乡乡长。2018年初，卓嘎当选第十三届全国人大代表；3月，卓嘎和央宗当选感动中国2017年度人物。2019年9月，卓嘎和央宗荣获"全国敬业奉献模范"荣誉称号，被评选为"最美奋斗者"；10月，中央宣传部向全社会宣传发布卓嘎、央宗姐妹的先进事迹，授予她们"时代楷模"荣誉称号。2020年10月，卓嘎和央宗获得2019年度全国三八红旗手标兵荣誉称号。

以牧代巡 保家卫国
——扎根雪域边陲的最美格桑花

在西藏雪域绝境深处，曾经有一个只有一户三人的乡。他们不惧生活艰难，像格桑花一样扎根雪域高原，守护着祖国近两千平方公里的土地。在他们的坚守下，更多的人回到雪域边陲，成为神圣国土的义务护边员，共同建设美丽家园。

中国故事扫码听

走进非凡故事

在我国西南边陲西藏自治区山南市隆子县，有一个中国人口最少的行政乡，它有一个美丽的名字——玉麦乡。名为玉麦，那里却不产粮食，并且环境险恶，交通不便，缺米少粮，每一粒粮食都需要步行一个多星期，穿越五座海拔超过5 000米的大山，赶在雪季来临前运进来储存好。玉麦乡位于海拔3 600多米的险境之中，每年要经历200多天雨雪。

玉麦乡很小，人口最少时只有三位村民。父亲是乡长，两个女儿是村民。

玉麦乡又很大，所辖面积3 644平方公里，目前中国实控区面积1 987平方公里。

在党的十九大召开之际，生活在玉麦乡的卓嘎、央宗姐妹向习近平总书记汇报了玉麦乡的情况，讲述了玉麦乡这些年来的喜人变化，表达了同乡亲们一起继续坚持放牧守边、报答党恩的决心。

十九大闭幕后，习近平总书记给卓嘎、央宗姐妹的一封亲切回信，让这个昔日默默无闻的边陲小乡成为"网红"。

习近平总书记的回信内容如下：

卓嘎、央宗同志：

你们好！看了来信，我很感动。在海拔3 600多米、每年大雪封山半年多的边境高原上，你们父女两代人几十年如一日，默默守护着祖国的领土，这种精神令人钦佩。我向你们、向所有长期为守边固边忠诚奉献的同志，表示崇高的敬意和衷心的感谢。

家是玉麦，国是中国，放牧守边是职责，你们这些话说得真好。有国才能有家，没有国境的安宁，就没有万家的平安。祖国疆域上的一草一木，我们都要看好守好。希

卓嘎、央宗姐妹翻看习近平总书记的回信

望你们继续传承爱国守边的精神，带动更多牧民群众像格桑花一样扎根在雪域边陲，做神圣国土的守护者、幸福家园的建设者。

　　十九大刚刚召开，党将带领各族群众创造更加美好的生活。我相信，在大家的共同努力下，玉麦这个曾经的"三人乡"，一定能建成幸福、美丽的小康乡，乡亲们的日子也一定会越过越红火！

习近平

2017年10月28日

讲述非凡故事

　　玉麦乡像一个传说，让普通人感觉既遥远又陌生。它位于我国西南边陲喜马拉雅山脉南麓。印度洋季风气候给玉麦乡带来了充沛的雨水。这里草木茂盛，风景如画，如世外桃源一般。但20世纪八九十年代，这里只有三个人。

情境再现

桑杰曲巴：全乡开大会了啊……人都到齐了吗？央宗，清点一下人数。

央宗：爸，全乡一共就咱仨人，都在这呢，不用点了吧。

桑杰曲巴：不行！今天是一年一度的全乡大会，要正式！

卓嘎：行，正式！一、俩、仨。玉麦乡全乡大会，应到三人，实到三人，再也找不出第四个了。爸，行了吧？！

桑杰曲巴：这就对了嘛。玉麦乡全乡大会正式开始，下面我要宣布一个乡里的决定！

央宗：还乡里的决定？这乡里、家里不都是您一个人说了算嘛。

桑杰曲巴：央宗同志，这是乡里开大会，不是家里扯闲篇，要正式！

卓嘎：对，要正式。央宗，别跟爹犟嘴了，再犟啊，他这会还不知道开到啥时候了。乡长啊，咱赶紧开会吧，开完会我好去做饭，要不然咱全乡都得饿肚子了！

桑杰曲巴：好！那我快点说。从即日起，乡里任命卓嘎同志为咱们乡的农牧业生产小队长，辅助乡长做好管理工作。

央宗：啊？咱乡一共就仨人，用不着这么多位领导管理我这个唯一的人民群众吧？

桑杰曲巴：不光管理你，还得管理那些牦牛呢！

央宗：牦牛还需要一个队长来管理啊？这些牦牛级别可不低啊！

桑杰曲巴：央宗同志，不要有情绪，革命分工各有不同，你的地位在咱们乡还是很特殊的。从今往后，你就是咱们乡唯一的木匠，唯一的铁匠，唯一的会计，唯一的厨子……

央宗：停！我就是咱乡唯一一个干活的人呗！

桑杰曲巴：这是乡里的决定，你必须适应。

卓嘎：好了，央宗！爸的意思，是让我管理牦牛去巡山！

央宗：巡山？爸，咱们乡将近两千平方公里，都是山路，你让姐一个人去巡山啊！这一去就得四五天，弄不好还会遇到雪崩，会有危险的！

桑杰曲巴： 爸知道！可爸也是没办法，乡里面就剩下咱们三个人了。咱们玉麦乡这么大个地方，又是国家的边境线，总得有人管有人看吧。明天我就得翻五座雪山去运我们过冬的粮食，这一走就是十几天，央宗你现在岁数又小，放牛巡山的任务就只能交给你姐姐了。

央宗： 爸……其他乡民都搬走了，就剩咱们仨，为啥咱们不搬啊？县里不是给咱们安排去山外住了吗？

卓嘎： 央宗，玉麦乡是咱的家，咱祖祖辈辈都住在这里，咱不能因为条件艰苦，就连家都不要了。

桑杰曲巴： 你姐姐说得对，这是咱的家！你不要它，我不要它，那这还是个家吗？我相信，只要咱们守在这里，就一定会有人愿意来跟我们一块儿住。

央宗： 行，咱们不怕苦，咱们守在这里，那也没必要让姐去巡山吧？那么大的地方。

卓嘎： 正因为地方大，才更要巡，只有咱们的牦牛走过的地方，那才能证明是咱的家！

桑杰曲巴： 对，不能因为咱们的家大，就忽略了任何一寸土地。是咱们的，咱们就得守好、管好，更不能让那些坏人进来搞破坏。

央宗： 谁愿意翻五座海拔 5 000 米的雪山到这儿来搞破坏呀？那就不是坏人啦，那是脑子坏了！

卓嘎： 对呀，这脑子坏了的人不就是坏人嘛。

央宗： 行啦，既然两位乡领导都决定了，那我这个全乡唯一的人民群众就只能服从安排啦！

桑杰曲巴： 好，那乡里的决定就顺利通过了，以后咱们就各司其职，守好咱们的玉麦乡！

中国故事扫码看

就这样，桑杰曲巴父女三人以牧代巡，守护着玉麦乡，整整十三年！在这十三年中，姐姐卓嘎接替了父亲的职务，妹妹央宗则升任为副乡长，全乡唯一的群众变成了退休的桑杰曲巴……

拒绝裹胁，坚守家园

这个让习近平总书记感动和记挂的乡村，究竟有着怎样的英雄传奇呢？

1951年的5月23日，中央人民政府的全权代表和西藏地方政府的全权代表在北京签订《中央人民政府和西藏地方政府关于和平解放西藏办法的协议》，宣告西藏和平解放。这是中国现代史和中国革命史上的一个重大历史事件，也是西藏地方历史上一个划时代的转折点。西藏的历史画卷从此掀开了崭新的一页。

20世纪50年代末的一个春天，日拉山的冰雪还未融化，山谷里的杜鹃花却早已陆续绽放……一天，从山外冲进来一帮匪徒，一边掳掠原本就不富裕的玉麦（当时叫玉门）人家，然后匆匆向南边逃窜，同时还不忘蛊惑村民："要活命，就跟我们走！"霎时，这个300多人的小山村被恐慌的气氛和愁云惨雾笼罩着。

走，还是不走？一部分人家牵着牛群走了；一部分人家在惶惑迟疑中，没能抵挡住未知的恐惧，跟着走了……

"狼挂起山羊的胡子，也改不了凶恶的嘴脸。他们的话，我不信。"桑杰曲巴转过身，走回自己的小屋，坚定地留了下来。有几户人家见此，也留了下来。后来，金珠玛米[1]翻越日拉雪山，向山谷深处前进，延续千年的乌拉差役被废除了！桑杰曲巴当了自己的家，做了自己的主，后来还被任命为玉麦乡的第一任乡长。

有一年夏天，一架外军的直升机降落在玉麦，打破了乡村平日的宁静。一群全副武装的士兵强行将其国旗插在了玉麦最高的山头上，还在通往山外的路上设卡，盘查过往行人。桑杰曲巴愤怒地向他们提出抗议，那些士兵不仅不予理会，还威胁要杀掉他们。桑杰曲巴认识到，面对荷枪实弹的侵略者，抗议是没用的，要想守住这片土地，只能靠金珠玛米。

---

[1] 金珠玛米为藏语，"金珠"意为拯救苦难的菩萨，"玛米"意为兵。在昌都战役和解放军和平进驻西藏后，"金珠玛米"成为中国人民解放军的专有称呼，一直沿用至今。

桑杰曲巴安顿好家人后，冒着生命危险去给驻扎在扎日乡的金珠玛米报信。通往扎日乡的是一条转山道，道路崎岖，瘴气弥漫，经常有野兽出没，滚下山或迷路的事时常发生。即使是成群结队的转山人，也没有十足把握安全地走出去。但桑杰曲巴顾不了这么多，为了祖国的领土完整，为了保卫自己的家园，他毅然决然地出发了。

夏季的高山牧场，到处都是沼泽。桑杰曲巴喘着粗气，深一脚浅一脚地赶路。由于牛皮靴子里灌进了水，他每走一步靴子里都会发出咣唧咣唧的响声，每走一段路他就要把水倒一倒。跌倒了不知多少次后，桑杰曲巴终于走出沼泽地，进入更为险峻的山地。他把身子紧紧地贴在泥泞不堪的山坡上，用手抓住树根和藤蔓，手脚并用地往上爬。最终，平时要用7天的路程，桑杰曲巴只用了4天。当他踉踉跄跄地赶到扎日乡时，全身早已湿透，手上、脸上到处都是被树枝和石头划破的血口子，身上更是青一块、紫一块。

信送到了！金珠玛米来了，敌人悻悻地溜走了……

20世纪60年代初，我国发生自然灾害，外军趁机骚扰和蚕食我国边境，最后竟公然入侵。桑杰曲巴牵着牦牛，带领乡里的青壮牧民为前线部队运送弹药和给养。通往前线的路都是盘山小路，不是悬崖就是峭壁，有的地方仅能容一人勉强通过，稍有不慎就会掉落悬崖。虽然历经艰辛、伤痕累累，但牧民们说："金珠玛米为我们驱赶外敌、夺回家园，他们流血牺牲，我们这点小伤不算什么……"

有一次，桑杰曲巴买回一块红布和一块黄布。吃完晚饭，他在忽明忽暗的油灯下，展开那块红布，拿着尺子在上面认真地量来量去，用剪刀把红布裁剪成了长方形，然后用笔在黄布上画好一大四小共五颗五角星，并用剪刀剪了下来，一针一线地把五颗黄色的五角星整齐有序地缝在红布上。他把一家人叫到身边，郑重地说："这是中国最宝贵的东西，这是我们的国旗！"

第二天，桑杰曲巴找来竹竿，把国旗固定在上面，插在屋顶上。从此，五星红旗在玉麦乡高高飘扬；从此，孩子们懂得了有国旗的地方就是中国，懂得了国和家是那么近、那么亲！

三人坚守，家国共存

只有一户人家的地方是凄美的，被雪山阻隔的生活是艰苦的，巡山放牧的生活是寂寞的……但桑杰曲巴的家始终如铁打的营盘，牢牢地驻扎在祖国边境的这片国土上。

1978年腊月末，正值大雪封山的时节，由于缺医少药，准确地说是无医无药，桑杰曲巴看着眼前被病痛折磨得奄奄一息的妻子，决心冒死带着妻子翻越雪山去曲松乡就医。日拉山口的积雪厚的地方比人还高，即使是最强壮的马和牦牛陷入其中也寸步难行。但人命关天，桑杰曲巴把妻子放在牦牛背上，冒着大雪向日拉山口急行。随着纬度的升高，路越来越陡，雪越来越厚，在齐腰深的雪地里，他一边深一脚浅一脚地艰难前行，一边不停地跟妻子说话，怕她一旦睡过去就再也醒不过来了。妻子一次次从牦牛背上滑下来，他又一次次将她抱上去。不知过了多久，他们翻过了日拉山口，到了曲松乡……桑杰曲巴回身跟妻子说话，却没有得到回应，走近一摸，才发现妻子已经气息全无，永远离开了人世……这个铁打的汉子失声恸哭。

同样是一个大雪纷飞的冬天，同样是这座被大雪覆盖的日拉山，冰冷刺骨的寒风刮在脸上，像刀割一样。桑杰曲巴最小的女儿在翻山时落在后面。家人迟迟不见她赶来，沿路返回找到她时，她的身体已经被暴风雪埋了一半。桑杰曲巴抱起冰冷的小女儿，一头栽倒在雪地里……那年小女儿只有16岁！

妻子走了，小女儿也走了，桑杰曲巴一下子老了许多。孩子们几次央求："我们也到山外去吧！"

"不能走，这里是我们的家，更是国家的领土，得有人守着！"桑杰曲巴的态度非常坚决。

不管日子多艰苦，坚持定期巡山，是桑杰曲巴雷打不动的习惯。一把开山刀，一袋熟土豆，是桑杰曲巴巡山时的全部装备。

清晨，天刚微亮，桑杰曲巴就踩着泥泞的山路出发了。白天，他在布满厚厚青苔的林间穿行；夜晚，他钻进山洞或石缝中躲避野兽。饿了，他就吃几个土豆充饥；渴了，他就喝一捧山里的泉水；累了，他就在大树下休息……桑杰曲巴去放牧巡山，卓嘎、央宗姐妹俩坚守家园。白天，有牛群陪伴，有各种劳作，姐妹俩无暇担心太多；夜晚，担心野兽侵扰，姐妹俩只能靠猎犬和藏獒壮胆。每当狗叫得凶的时候，她们就害怕得躲进阁楼里不敢入睡，哆哆嗦嗦直到天亮。

姐妹俩清楚地记得阿爸最常说的几句话："我们常去转转，他们就不敢来了。""那里是我们的土地，国家的领土，不去巡山，就会被别人侵占！""放牧就是对国土最好的守护。"

不管如何艰险，桑杰曲巴从未动摇过自己坚守的信念：我们中国的国土一寸都不能少！

新时代，新玉麦，新气象

自20世纪80年代末以来，玉麦乡发生了很大的变化。1988年，父亲卸任当了29年的乡长职务，由大女儿卓嘎接任，但乡里还是只有3个人。1996年，乡里来了乡党委书记和新任的副乡长，还有两户志愿守边的新居民，玉麦乡从3人变成了18人。

2001年，通往玉麦乡的公路终于贯通。当第一辆汽车开进来的时候，守护玉麦42年的桑杰曲巴老人给这个"铁牦牛"献上了哈达。这一年，他沿着这条公路去了一次拉萨；这一年，卓嘎沿着这条公路去了一趟毛主席的故乡；这一年，77岁的桑杰曲巴老人在大雪纷飞的季节没有遗憾地走了。老人的遗言至今仍让当时在场的人记忆犹新："我在这里住了一辈子，你们不要因为玉麦苦，更不要因为我走了就离开这里，这是祖辈生活的地方，更是祖国的土地，一草一木都要看护好。"

2016年，玉麦乡有了Wi-Fi（无线局域网），有了商店，有了餐馆，有了民宿。在玉麦，买东西也可以不用现金，直接用手机扫码就可以了。2017年，玉麦乡的第一个大学生，央宗的儿子索朗顿珠本科毕业。当他的同学们纷纷寻找适合自己专业的工作时，他遵照母亲的嘱咐，回到家乡。"当年，波拉（爷爷）守在玉麦一辈子，阿妈和姨妈听了波拉的话，守在玉麦大半辈

蓝天野为玉麦乡题词

子。现在，我也要听阿妈的话，继续守护家乡这片山水。"索朗顿珠说。

截至2020年12月，玉麦乡已经有村民67户234人。玉麦乡小康村建设项目也已通过竣工验收，乡亲们住上了安全舒适的"别墅"，一个宜居乐业的边境乡镇正在像格桑花一样美丽地绽放。

感悟非凡故事

做神圣国土的守护者、幸福家园的建设者，是桑杰曲巴祖孙三代始终坚守的信仰。在父亲桑杰曲巴的影响和带领下，卓嘎、央宗姐妹始终秉持"家是玉麦，国是中国，放牧守边是职责"的坚定信念，几十年如一日，守护着祖国的领土，谱写了一首爱国守边的时代赞歌。

在美丽的玉麦，中国是桑杰曲巴老人手中缝过的五星红旗，中国是姐妹俩脚下离不开的土地，中国是玉麦人共同坚守的信仰。在新时代的今天，守护神圣国土，建设美好家园，奋力实现中华民族伟大复兴，也是每一位华夏儿女最伟大、最光荣的使命。

都贵玛

张凤仙

都贵玛，蒙古族，1942年出生，内蒙古自治区乌兰察布市四子王旗脑木更苏木牧民，全国三八红旗手，全国民族团结进步模范个人。19岁时，她承担起了照顾28个上海孤儿的任务，把一生中最美好的时光奉献给了上海孤儿。2006年，都贵玛荣获内蒙古自治区"十杰母亲"和第二届中国"十杰母亲"荣誉称号。2019年9月17日，国家主席习近平签署主席令，授予都贵玛"人民楷模"国家荣誉称号。

张凤仙，年轻时在哈音哈尔瓦公社卫生院当护理员。1961年，她和丈夫在生活十分困难的情况下，收养了6个汉族孤儿，并省吃俭用，创造条件，让6个孩子都读了书。在6个孩子中，2个大学毕业，2个当了兵，2个成了国家公职人员。1991年，张凤仙告别了这个世界，她那双善良的、充满慈爱的眼睛安详地闭合了。

守望相助 大爱无疆
——三千孤儿找到母亲,草原额吉书写大爱传奇

1959年底,上海、江苏、浙江等地的孤儿院人满为患,聚集了3 000多名孤儿,嗷嗷待哺。育婴堂的米粮几乎要见底了,被政府收养的几千个孩子面临死亡威胁……在党和国家领导人的关怀下,这些孤儿被送到内蒙古自治区抚养,草原的牧民们亲切地称呼他们为"国家的孩子"。

中国故事扫码听

走进非凡故事

1959年,江浙一带发生自然灾害,导致上海、江苏、浙江、安徽等地的几十个孤儿院人满为患。被政府收养的3 000多个孩子面临死亡威胁,患病的孩子越来越多,还不时有孩子死去……

关于上海移入儿童的请示报告

随后几年,在党和国家领导人的关怀下,孤儿们陆续从南方的孤儿院被送到内蒙古自治区。这里成了他们的第二个故乡,大草原给了他们一个温暖的家。

讲述非凡故事

1959年至1961年,我国连续三年遭受自然灾害,导致南京、上海等地的孤儿院收留的弃婴比正常年份多了好几倍。由于食品严重不足,孤儿们因营养不良而患病、夭亡的现象时有发生。时任全国妇联主席的康克清知道情况后,立即向周恩来总理汇报了相关情况。周总理随即联系了时任内蒙古自治区主席乌兰夫[1],希望他想办法从内蒙古调一些奶粉过去,以解燃眉之急。

那时内蒙古牧业也遭受了特大灾害,不少乳品厂都停产了。但时任内蒙古自治区党委书记、政府主席的乌兰夫还是按照周总理的指示,积极想办法帮助这些孤儿。

乌兰夫返回呼和浩特后,立即召开自治区党委常委会,大家一致认为:现在就可以调去一些奶粉,但这只能解决一时困难。时任内蒙古自治区党委副书记的吉雅泰想了想说:"我建议把这些孤儿接到内蒙古来,分

---

1 乌兰夫(1906—1988),内蒙古土默特左旗人,蒙古族,1925年9月加入中国共产党,党和国家优秀的领导人、杰出的无产阶级革命家、卓越的民族工作领导人、中国人民解放军高级将领。1955年被授予上将军衔,荣获一级解放勋章。

配到牧民家去抚养。"乌兰夫一拍桌子，说："咱们想到一块儿了，就让草原把他们养大！"

随后，党和国家领导人作出决定，将这些孤儿送到内蒙古抚养，牧民们亲切地称呼他们为"国家的孩子"。

收一个，活一个，壮一个

"收一个，活一个，壮一个！"这是乌兰夫和内蒙古人民许下的承诺。

1959年12月上旬，乌兰夫告诉内蒙古自治区卫生厅和民政厅的负责人，内蒙古要接收3 000名孤儿，同时提出成立一个由民政厅和卫生厅抽调10名干部组成的办公室专门负责这项工作。

在祖国最需要的时候，草原人民敞开胸怀。1960年初，内蒙古自治区开始接收和安置孤儿的工作。第一批近百名孤儿分别被收留在内蒙古医院和呼市医院。那些孤儿个个瘦得皮包骨头，许多孩子肚子里有蛔虫。对于这些身体较为虚弱的孩子，自治区政府没有安排牧民立刻收养，而是让他们在保育院居住，先适应环境，调养身体。

1960—1963年，内蒙古各地先后接纳了3 000名孤儿。牧民们得到消息后，纷纷骑着马，赶着勒勒车，来到保育院申请领养孤儿，有的家庭甚至收养了五六个，有的是从几百里外赶来领养的。他们把孤儿接回自家的蒙古包，像对待亲生儿女一样精心照料，教他们说蒙古语、骑马、打猎，还供他们上学。被孩子们叫一声"额吉"，就是牧民最大的幸福！

牢记承诺，不辱使命

一位19岁的未婚姑娘，陆续照顾了28个孤儿！她的名字叫都贵玛。都贵玛也是孤儿，4岁丧父，8岁时母亲去世。

都贵玛作为全旗最年轻的劳动模范，在杜尔伯特草原很有名气，获得过许多荣誉。正因为如此，她被任命为保育员，担当起临时妈妈。

情境再现

都贵玛： 孩子，饿了吧？来，坐阿姨这儿，咱们一起吃饭好不好？

达来： 你是谁啊？

都贵玛： 我是都贵玛，是这里的保育员，以后就由我来照顾你了。

达来： 这是哪里？我害怕。

都贵玛： 这里是草原，你不用害怕，草原可好了，这里有大绵羊，还有大奶牛。

达来： 大奶牛？是"哞哞哞"的大奶牛吗？

都贵玛： 是"哞哞哞"的大奶牛。来，尝尝，可好吃了。以后有阿姨在，你就再也不会挨饿了，阿姨会像额吉一样照顾你。

达来： 额吉是什么？

都贵玛： 额吉就是妈妈的意思。

达来： 妈妈？

都贵玛： 你去哪儿？

达来： 阿姨，我要去找妈妈。阿姨，你能带我去找妈妈吗？

都贵玛：孩子，我没法带你去，因为你妈妈去了很远很远的地方……

达来：可是我想妈妈……

都贵玛：孩子，我像你这么大的时候，我的妈妈也去了很远很远的地方。想妈妈的时候，我就会唱首歌，这样我妈妈就好像在我身边。我唱给你听好不好？"漂浮的白云静静地伴着我，青青的草原默默拥抱着我……"阿姨以后会把你当成自己的孩子，有我，你就不会挨饿受冻，不会再被丢下，我会一直陪着你，好不好？

达来：好！

都贵玛：孩子，你叫什么名字？

达来：我也不记得了……

都贵玛：那阿姨给你起个名字吧？

达来：好啊。

都贵玛：你是从上海来的，那里有大海，所以叫你达来，达来就是大海的意思。

达来：我有名字啦！我叫达来！阿姨，我以后不想叫你阿姨了。

都贵玛：那你想叫我什么？

达来：额吉（妈妈）。

都贵玛：哎！

达来：额吉。

都贵玛：哎！

……

达来只是那几年送到草原上的孤儿中的三千分之一。1961年，都贵玛陆续接收了28个孤儿，并成为他们的"额吉"。500多个日日夜夜，19岁的都贵玛习惯了"额吉"这个角色。从喂奶、喂饭，到护理孩子拉屎撒尿，每天天不亮她就开始照顾28个孩子吃饭穿衣，洗洗涮涮，处理垃圾秽物，将孩子们从头到脚收拾得干干净净、利利索索的。

在28个孤儿中，最小的才刚刚满月，最大的也只有8岁。这些孩子就像大草原上嗷嗷待哺的"小羊羔"。从来没有带过孩子的都贵玛，从换尿布、喂奶粉学起，养育着这些素不相识的孤儿们。

第一次看到这么多孩子时，都贵玛非常震撼。"妈妈！"28个孩子中第一个叫都贵玛"妈妈"的是只有1岁多的男孩儿呼和。这一声"妈妈"叫得都贵玛脸一下子就红了，还有些不知所措。她迟疑了一下，把呼和紧紧地拥入怀中。

孩子们刚来到草原时，年小体弱，水土不服，急坏了年轻的都贵玛。一有孩子生病，不论什么时候，不管外面天气如何恶劣，她都会跳上马背到医院去。人们常常见到年轻的她在深夜里骑着马，冒着凛冽的寒风和被草原饿狼围堵的危险，奔波几十里去找医生。在都贵玛的精心照料下，这群来自南方的孩子熬过了草原上的风霜，抗住了北方的寒冬，一个个长得结结实实、健健康康的。

都贵玛说："孩子们一个个被送走的时候，我心里很酸，很舍不得，但同时也为他们高兴，因为他们有了新的家庭，而且大部分孩子被送去的地方就在我的家乡。"

"收一个，活一个，壮一个！"这句话凝结着党和国家以及内蒙古人民对孩子们的爱与责任。草原额吉们用自己的大爱践行了这一庄严的承诺。

最终，由都贵玛照顾的28个南方孤儿全部被当地牧民领养。她说："被孩子们叫一声'额吉'，就是最大的幸福。我从心里爱他们，也真心感谢他们，让我体会到了做母亲的快乐！"

如今，这些孩子大部分都扎根草原，在各行各业回馈着草原母亲的恩德。都贵玛和部分孩子建立了微信群，每年春节都聚会，孩子们依旧亲切地叫都贵玛"额吉"。

草原上的墓碑

在内蒙古的草原上，有一座墓碑，碑上写着"母亲，张凤仙之墓"。草原上的牧民并没有死后立碑的习俗，这座墓碑在茫茫草原之中，显得有些亮眼。它是草原牧民张凤仙的6个孩子为她立下的。

1961年，有6个孤儿被临时安置在哈音哈尔瓦公社卫生院旁边的学校里，没有人敢领养他们。因为他们来到内蒙古时年龄较大，对家都有记忆，在这一个完全陌生的地方，语言不通，饮食不习惯，所以比较抗拒草原的一切，经常合计着集体逃跑。

有一次，在大哥巴特尔的带领下，他们跑到保育院附近的大庙里，偷吃贡品和奶豆腐，惹得喇嘛们大怒，满院子追赶。最后他们居然爬上了庙顶，求都求不下来，喇嘛们又气又怕。

每次安排牧民收养他们时，大哥巴特尔都冷冰冰地回答："我们不去，哪儿都不去！"最后干部们把年龄最小的高娃分配给牧民领养，可没过几天她就自己跑回哥哥姐姐身边了，还脱掉身上的新衣服，从那户人家的窗户扔了回去，以示反抗。从此他们也就出了名！

张凤仙当时在哈音哈尔瓦公社卫生院当护理员。第一次看到这6个孩子时她就打心眼里喜欢。眼看就要入冬了，身为护理员的张凤仙心头一动，和丈夫道尔吉商量后，咬牙领养了他们。从此，还未生育的她一下子成了6个孩子的额吉。

张凤仙和丈夫郑重承诺：一定能够养活好这6个孩子。

情境再现

主任： 张凤仙同志，我这次来啊，主要是为了你抚养的那6个孩子……

张凤仙： 主任，我上次不就跟你说过了嘛，一个是养，六个也是养，送走哪个我都舍不得啊。

主任： 我知道，但看看你现在，身体都累出病了，你们夫妻两个人现在还没有孩子，这要有了孩子，你抚养的可就不止六个了，你也得为自己的孩子考虑考虑嘛。

张凤仙： 好，但我得问问孩子们，看他们愿不愿意。

巴特尔： 额吉，我们回来了。

张凤仙： 孩子们，你们有没有人想去新家的呀？那里有新的额吉和阿爸，他们也会像我一样疼你们。

巴特尔： 您就是我们的额吉，我们哪儿也不去。

孩子们： 我们哪儿也不去……

主　任： 这样吧，让年龄最小的高娃跟我走。

巴特尔： 不能！你不能把高娃带走！

主　任： 孩子们，你们的额吉照顾你们很辛苦，你们也要为她考虑考虑，对不对？

高　娃： 哥哥，我跟主任走……

张凤仙： 主任，这孩子年纪太小了，我怕她去了新家不习惯。

高　娃： 额吉，我已经长大了，等我去了新家，您就不会那么辛苦了。

主　任： 张凤仙同志，你就放心吧，孩子由我们照顾。高娃，跟叔叔走，好吗？

张凤仙： 等一下，把衣服穿上，听额吉的话，去了新家一定要听话，知道吗？

高　娃： 嗯！

张凤仙： 主任！这孩子肚子不好，喝牛奶的时候兑点水，不然不消化，吃饭的时候，少放……

主　任： 我知道。

张凤仙： 孩子，跟叔叔去吧。

高　娃： 额吉！你教我的歌，我会唱了，我唱给你听吧。"漂浮的白云静静地伴着我，青青的草原默默拥抱着我……"

　　　　……

张凤仙： 主任，我不让高娃走，他们进了我的毡包，就是我的亲生骨肉！你放心，我一定让这些孩子健康长大！

主　任： ……好吧！

张凤仙： 孩子们，额吉再也不会让你们离开我了。

孩子们： 额吉！！！

中国故事扫码看

南方的孩子吃不惯草原上的果条和炒米，张凤仙就把面换成米，做米饭给他们吃；孩子们喜欢吃饺子，张凤仙就学做饺子，还一句一句地教他们说蒙古语……没多久，孩子们就爱上了奶茶和带"膻"味的羊肉，渐渐融入了家、融入了草原。

1961年冬天，政府特拨给"国家的孩子"每人5斤大米。由于暴风雪，交通中断，粮食运不进来。为了确保孩子们有米饭吃，张凤仙自己赶着牛车，顶着刺骨的寒风，徒步百余里，到化德县去领米。由于风雪太大，路都被雪覆盖了，而且极其寒冷，晕倒的张凤仙差点死在路上。在回程途中，她几次晕倒，醒来后她拍拍身上的雪，继续前行……三天三夜后张凤仙才把粮食运到家，孩子们终于吃上香喷喷的米饭。

为了抚育6个孩子，张凤仙终生未育。她把所有的爱都给了孩子们。为了让孩子们都接受正规教育，张凤仙省吃俭用、创造条件，让他们都读了书。

孩子们长大后，个个都有出息。大哥巴特尔考上了南京气象学院，二哥黄志刚在当地物资局当采购员，老三党玉宝、老四毛世勇参了军，五妹其木格当了邮电局话务员，小妹高娃考上了南开大学。他们全部都选择回到草原，成为草原的建设者。

张凤仙一家的全家福

感悟非凡故事

善良包容的大草原,向3 000名嗷嗷待哺的孤儿敞开了胸怀,这些孤儿在内蒙古被称为"国家的孩子"。"国家"二字,代表着更大的责任,更宽广的爱。这些孩子长大后,有的当了牧马人、摔跤手;有的当了人民教师;有的考上了清华、北大,当上了教授……但不管他们走到哪里,总是惦念着自己的额吉,总要回来探望他们的额吉,因为这是哺育他们的额吉。

一位母亲收养一个孤儿叫作善良,一个草原收养了三千孤儿,应当说是一个民族的博爱,是草原母亲无私的奉献。三千"国家的孩子"与草原"额吉",共同书写了一个超越地域、血缘、民族的传奇故事!

吴杰

  吴杰，1963年10月出生于湖北省武汉市，自小随父母生活在军营，少年时代的他就向往翱翔蓝天。1980年，他考入空军工程学院，毕业后到锦州空军第三航空飞行学校学习两年，取得双学位。曾任空军某训练基地领航主任，安全飞行1 200多小时，被评为空军一级飞行员。1996年，他以过硬的军事素质、优秀的身体条件和一流的飞行技术被选入中国航天员科研训练中心。同年11月被派往俄罗斯莫斯科"星城"加加林宇航员科研训练中心接受训练，由于成绩出色，被授予联盟号飞船指令长最高证书，成为唯一一位获得此荣誉的非俄罗斯人。1998年1月，他正式成为我国首批14名航天员之一。

追逐梦想 不悔始终
——执着『备份』二十载，筑梦九天写忠诚

等待，是一件很难熬的事。着急赶路时，等一个红灯都让人急躁；思念倍甚时，一分一秒都会令人心烦意乱。心愿越急切，等待越煎熬。然而有一个人，为了自己这辈子最大的梦想，等待了整整20年，付出了无数努力，而他的这个梦想最终也没能实现……

中国故事扫码听

走进非凡故事

近年来，我国航天事业快速发展，取得了令世界瞩目的成就。截至2020年12月，杨利伟、聂海胜、费俊龙、翟志刚、刘伯明、景海鹏、刘旺、刘洋、张晓光、王亚平、陈冬共11名航天员先后搭乘神舟飞船飞天成功。

2016年10月17日，我国的神舟十一号载人飞船发射成功，并于19日与天宫二号空间实验室成功实现自动交会对接，航天员景海鹏、陈冬在天宫二号与神舟十一号的组合体内进行了为期30天的驻留，创造了我国航天员太空驻留时间新纪录。

在这些被公众所熟知的航天员背后，曾经有两位先行者，他们远赴俄罗斯接受航天员培训，但由于各种原因，他们无缘飞天。虽然没有机会亲自完成飞天任务，但经他们培养的飞天航天员却以零失误的优异成绩完成了所有航天任务。他

神舟十一号载人飞船与天宫二号空间实验室对接

们的全身心付出和不懈积累，成就了航天员们成功飞天的梦想。

这个故事的主人公，就是我国航天事业的"先行者"之一——吴杰。

讲述非凡故事

1996年，吴杰远赴俄罗斯莫斯科"星城"加加林宇航员科研训练中心接受航天员培训。因为训练任务急迫，仅用了一年时间，他就完成了原本需要三到四年的训练科目，并把航天员训练技术带回中国。培训结束后，由于成绩出色，吴杰被授予联盟号飞船指令长最高证书。拥有这张证书，意味着他有资格驾驶任何一艘联盟号飞船，完成所有职业航天员内心最为渴望的梦想——探索广袤的太空。

航天双雄，筑梦太空

1996年，在中国航天员大队正式成立之前，吴杰和战友李庆龙作为中国提前选拔出的两名航天员教员，前往俄罗斯接受基础科目训练。当美国航天员、俄罗斯航天员、欧洲航天员都在过周末、度假的时候，这两个人基本都在加班加点地刻苦训练。

有一次，吴杰和李庆龙被"扔到"零下52℃的北极圈附近进行生存训练。这是航天器遇到特殊情况后需要及时返回时可能会落到的地方。这种"非人道"的训练，不仅是对人身体的"摧残"，更是对人心理素质的巨大考验。在如此艰苦的条件下，在只带了一些应急食品的情况下，他俩还节省出一天的口粮。他们把这些节省下来的航天食品带回国内，给我国研究食品的科研人员，让他们看看俄罗斯的航天食品是什么样的。三天的训练结束后，他们的体重减少了好几公斤。

太空看似美妙梦幻，实则类似"黑洞"，危险重重。人置身太空中，会丧失时间和空间定位感，产生巨大的孤独感，那种远离人类文明的窒息感甚至可以让人心理崩溃。因此，在航天员的训练项目中，有针对这种孤独感的心理隔离训练。训练时，一个人被关在只有10平方米的密闭空间内，整整72小时不能睡觉，并且还要按照训练程序连续完成规定的工作内容。

"凌晨四五点钟是最难熬的，人在这时候特别想闭一会儿眼，困得非常难受。第一天还能靠风油精提神，第二天就什么都是白搭了，人开始变得麻木。但只要你垂下眼皮想打盹，监视的警铃就会大声响起，把你从濒临睡眠的状态'拉'回来。到后来就只能全凭毅力支撑。光干活，不闭眼，那滋味绝不是常人可以忍受的。"吴杰回忆道，"困得实在受不了的时候，我就扯着嗓子，一遍又一遍地唱《铡美案》。"

这项训练主要是对长期生活在极端环境条件下的个人进行心理筛选和工作效率评判，脾气暴躁、心理容忍度低的人很难通过这一关。在现实中，并没有人要求他们如此刻苦地训练，并没有人告诉他们要怎样去奉献、要怎样去牺牲。但实际上，在整个培训过程中，他们真的是为这项事业贡献了自己的一切，一步步向着自己的梦想前进。

竞而不争，蓄势待发

1998年1月5日，中国人民解放军航天员大队成立，吴杰正式成为我国首批14名航天员之一，同时兼任教练员。作为航天员兼教练员，吴杰第一个庄严宣誓："祖国的载人航天事业高于一切。"

练兵五年，他和队友们都在时刻准备着。

情境再现

大李： 今天是个好日子，心想的事儿都能成……

吴杰： 大李！

大李： 哎，我的妈呀！老吴你吓我一跳！

吴杰： 什么事啊？这么高兴，还唱上了！

大李： 这不，你就要上天了嘛！

吴杰： 上天？

大李： 对！神五升空，飞上天际！简称"上天"！

吴杰： 首飞航天员还没有最后确定呢，不许妄自揣测！

大李： 谁揣测了，谁揣测了？我没揣测，我就是瞎猜！非你莫属！

吴杰： 为啥？

大李： 原因有三。论资历，你是第一批航天员，又是第一批航天教练员；论能力，当年在国外，四年的航天课程，你一年就拿下了；论技术，你们不相上下！论心理素质，你们难分高低！我的意思就是，你最有希望。

吴杰： 那你知道我最希望什么吗？

大李： 你呀，肯定是希望乘坐神舟五号飞上太空！

吴杰： 你只说对了一半。

大李： 那一半呢？

吴杰： 我最希望我们14个人，无论谁成为首飞航天员，都能顺利成功地实现咱们中国人千年的飞天梦想，所以，谁上都一样！大李，你的心意我都明白，谢谢了！放心，我时刻准备着，为了迎接最后的训练奋力冲刺！

大李： 好！咱以茶代酒，祝你梦想成真！

吴杰： 祝我们梦想成真，干杯！

在航天员队伍中流传着一种"竞而不争"的说法：在任务准备阶段，他们会为梦想竭尽全力备战，时刻准备着；在任务人选确定后，他们会对入选航天员送上最诚挚的祝福，在地面为天上的战友提供支持，和他们一起"飞"。

2003年，中国终于迎来了载人航天飞行计划，然而在综合考核中，吴杰以微弱差距落选航天员梯队。

2003年10月15日，我国自行研制的神舟五号载人飞船发射成功。那一天，中国成为世界上继俄罗斯和美国之后，第三个能够独立开展载人航天活动的国家，中华民族的千年飞天梦想终于实现。那一天，所有中国人都记住了第一位登上太空的中国人——杨利伟。

神舟五号成功发射

"每一个航天人的背后，都有着太多亲人和朋友们期盼的目光，而我是幸运的，2003年我成功登上了神舟五号。我从着陆场返回大队公寓那天，全体航天员都来迎接我，当时吴杰握着我的手说：'利伟，好样的！'我们紧紧地拥抱着，相互祝福着……我知道，吴教员已经在为两年后神舟六号的升空做起了准备工作。"杨利伟说。

情境再现

母亲：孩儿啊！你猜猜娘给你做的啥好吃的？

吴杰：羊肉烩面！

母亲：猜对了。那你再猜猜这又是啥好吃的。

吴杰：胡辣汤！

母亲：咋都猜对了！

吴杰：娘，哪有让人看着猜的。

母亲：哦，对对对！那再来一次。

吴杰：娘，您别忙活了，我已经进入神舟六号的最后准备阶段，航天员要科学用餐。

母亲：明白！不该吃的不吃。那娘问问你，这一次你有没有把握"飞天"？

吴杰：娘，我跟您说啊，上次神舟五号是从14个人里选1个人，这次神舟六号是从14个人里选2个人，而且已经淘汰了8个人。

母亲：啥？淘汰了！没事，没事！淘汰了就淘汰了！以后咱们还有机会。

来来来，喝胡辣汤，吃烩面。

吴杰： 娘，我是剩下的那6个人里的。剩下的这6个人随机分成三组，哪组配合的默契度最高，就最有可能和神舟六号一起飞天。

母亲： 那概率比上次高了不少啊。娘给你算一算，上一次是十四分之一，这一次相当于三分之一……

吴杰： 娘，您就别算了！其实，最后我们三组人无论哪一组上都一样。为了确保万无一失，我们航天大军八大系统的每一个人都在时刻准备着！

母亲： 儿啊！有你这话，不光娘放心，相信全国人民都会放心的。娘等你们凯旋回家！

吴杰： 是！

神舟六号计划搭载两名航天员升空，吴杰与另一位航天员搭档，和另外两组航天员一起进入了飞行任务梯队。

2005年10月12日，神舟六号飞船成功发射，虽然吴杰入选了执行飞行任务的梯队，但最后还是只能目送运载神舟六号航天飞船的长征二号火箭冲破天际。留在地面上的他，在为同伴送行的"巡天阁"公寓里，提笔写下了两句诗：遥看神六巡天走，梦想神七伴我游。

一转眼，到了神舟七号飞船发射的2008年。驾驶神舟七号的航天员要执行出舱活动任务，而吴杰又是组织派出专门学习这项技术的航天员，所以他这次入选的机会很大。但航天员任务选拔有一套科学的体系，每一次都必须选择最适合执行任务的航天员。因此，他必须更加认真地学习和刻苦训练，时刻准备着接受任务。

这一次，吴杰还是落选了！

男儿有泪不轻弹，只因未到伤心处。落选"神七"航天员后，一直很坚强的吴杰忍不住哭了。因为"神七"有出舱任务，这是吴杰的优势所在，准备了那么多年，又经过"神五""神六"的考验和坚持不懈的努力，他最有希望也有能力执行"神七"飞天任务。这一次落选给吴杰造成的失落远远超过前两次。

一天傍晚，吴杰徘徊在航天城的大道上，看着天上的星空，忍不住流下了眼泪。这时，他想起了自己的母亲，并给她打了一个电话，想从母亲那里得到一些慰藉。他跟母亲说："妈，这次我又落选了，我对不起你们，也对不起我的亲人，对不起关爱我的人们，更对不起我的父亲（那时他的父亲已经去世）……"

吴杰的母亲原来是一名护士，后来成长为一名军医，她有着非常要强的性格，从不服输。退休后，她慢慢从人生的历程中感悟到：对有些事要拿得起，要放得下，特别是对以后的生活要乐观。她当时已经七十多岁了，听了儿子的述说后，她说："傻儿子，你不要担心，妈妈永远都是支持你的。你为了这个事业付出了这么多，你应该坚定你的理想，你要想想你后边的路还很长，'神七'没有了，还有'神八''神九'呢！你一定要调整好心态，迎接最后的挑战。"

听了母亲的这些话，吴杰整个人都释然了。在随后的训练中，他作为航天员教员，全力协助"神七"任务组进行训练。在他的精心指导下，"神七"航天员翟志刚对整个出舱活动技术掌握得非常好，并最终圆满完成了出舱任务，成为我国首位出舱活动的航天员。

之后，吴杰将目标放在了三年后的神舟八号上。然而，神舟八号是第一艘要与天宫一号实现空间交会对接的无人驾驶飞船，因此他再次与"飞天"失之交臂……

时间来到了2012年，吴杰迎来了可能与神舟九号一起飞向太空的机会。

情境再现

大李： 老吴，这次神舟九号需要三个航天员，轮也该轮到你啦！

吴杰： 大李，这次的三个航天员里得有一个是女航天员。

大李： 老吴，那你也是有戏的呀！

教员： 两个男的呢！

吴杰： 这两个男的也有要求，为了发展传承，要以老带新，一个老人带一个新人。

母亲： 孩儿啊！太好了，论长相论年龄，数你最老。

吴杰： 娘，不是那个意思，上过一次天的算老人，没上过天的算新人。

大李： 那就是你啊，没上过天的算新人！

吴杰： 咱们的新人队伍越来越壮大，我算是新人里最老的。

母亲： 孩儿啊！娘算是明白了，这些年啊，你每次都巧妙地"避开"了飞天的所有要求。

吴杰： 娘，对不起，让您……失望了！

母亲： 我们不失望，你时刻准备着，你是娘的骄傲！

教员： 我们不失望，你时刻准备着，你是我们航天人的骄傲！！

大李： 我们不失望，你时刻准备着，你是我们中国人的骄傲！！！

中国故事扫码看

  5、4、3、2、1，点火！神舟九号按计划成功发射，但在三人名单里，还是没有吴杰的名字。尽管一次又一次错失进入太空的机会，但吴杰从未有丝毫松懈，仍然继续认真学习、刻苦训练，为接下来可能要承担的任务"时刻准备着"！

  2013年，神舟十号即将飞天，但此时的吴杰已经50岁，达到了航天员服役的最高年龄。20年的等待，吴杰虽然离自己的飞天梦越来越远，但中国离实现航天强国的梦想越来越近。

  "作为一名航天员，我感到无比骄傲和自豪。记得2004年，我到联合国总部去移交我在太空飞行时搭载的联合国旗帜，在与华人华侨举办的一次活动中，一位白发苍苍的老华侨流着泪拉着我的手说：'我们中国人的飞船飞多高，我们海外华人华侨的头就会抬多高。'我听了之后非常感动，为什么？因为国家的强盛给每一个中华民族的一分子带来的是骄傲和自豪。我想，正是因为祖国的强盛，才有我国航天事业的飞速发展和辉煌成就。"杨利伟骄傲地说。

不忘初心，不悔始终

在谈到自己的家人时，吴杰说："2003年，杨利伟首飞成功，我们家里照了一张全家福，全家都在，父母也特别高兴。2004年4月12日，一个让我刻骨铭心的日子（1961年4月12日，苏联航天员加加林飞天）。那天，我在低压舱进行模拟5 000米高度低压缺氧训练。训练时，我有两次心跳加速，这表明已经有点缺氧，要靠提高心率来增加机体供氧量。这两次缺氧我都通过调节顺利度过了，也顺利完成了低压舱训练。回到公寓后，大队长推门进来对我说：'吴杰，告诉你一个不幸的消息，你的父亲今天去世了。'我的眼泪止不住地往下掉……其实，十天前我就得知父亲病重，但这个特殊训练组织一次不容易，全是大型设备，不会为某一个人开二十多天。所以我就想，如果父亲能挺过这一段时间，我再回去看他。结果，父亲还是没能挺过来。我在父亲的遗体告别仪式上作为家属讲了话，还特意穿了军装，向父亲敬了一个军礼。这代表着儿子对父亲的内疚和亏欠，没能看他最后一眼。"

没有执行过飞天任务的航天员都有一个很高的目标——执行一次飞天任务。这也是吴杰的最高目标，所以每一次与飞天任务擦肩而过时，他都会对自己说："只要我没有脱离航天员队伍，我就有这么一种希望，我就会去尽我百倍的努力。"但最终吴杰的飞天梦想也没有实现。眼看自己的伙伴们一个个实现了他们的飞天梦想，吴杰说："我为他们感到骄傲和自豪。虽然我离飞天仅仅一步之遥，可我为了自己心爱的事业付出了全部心血和努力，这辈子我感觉值！'不忘初心，不悔始终！'这是我坚定事业信念的格言。"

为了祖国的航天事业，为了努力将我国建设成航天强国，实现中华民族伟大复兴的中国梦，有一批像吴杰那样的航天员和航天工作者正在默默地奉献着，他们甘当"备份"、甘做幕后英雄的感人事迹和崇高精神，值得我们每一个中国人学习和传播。

感悟非凡故事

20年，7 305天，175 320小时，做一件事情，寻一个梦想，吴杰用一生在默默准备，时刻等待着号角的催征。他是我国航天事业的"先行者"，是中国航天员的探路者！虽然没有机会完成飞天任务，但他却为此整整"备份"了20年，由他亲手教出的我国飞天航天员安全顺利地完成所有航天任务；虽然他没有飞天，但他用自己顽强的作风诠释了一个航天员应该具备的所有精神。像吴杰这样的追梦者还有许多，他们的等待与神舟飞天的辉煌一起，构成了中国航天史上最厚重的一页。

王昌来（右）、王晨（左）

王昌来，1958年5月出生，1978年3月入伍。从当鱼雷兵的那一刻起，到退役的35年间，他从未喊错过一个口令，从未误操作一个动作。这样的专业、坚持、精准，造就了一位潜艇部队的传奇老兵，一位当之无愧的"鱼雷王"。

王晨，1985年11月出生。在父亲王昌来潜移默化的影响下，2004年，他考入潜艇学院。2011年，王晨小时候的一句戏言——"想成为爸爸的领导"变成现实。

从此，父子俩一同出海，共同执行任务，亮剑深蓝。儿子是部门长，父亲是"鱼雷王"，父子俩在生活上相互照应，在业务上互相比拼。

血脉相承 亮剑深蓝
——潜艇兵父子二十六年接力,续写『兵王』传奇

"不要问我在哪里,问我也不能告诉你。我们是中国海军潜艇兵,航行在深深的海洋里。你说你听不到我的豪言壮语,我只能告诉你我在向你敬礼!神圣的使命担在我肩上,英雄的自豪藏在我心里……"这首歌描写的是英勇无畏的中国潜艇兵,为了守护祖国的万里海疆,他们驻扎深海,默默坚守。

中国故事扫码听

走进非凡故事

打虎亲兄弟，上阵父子兵。在北海舰队某潜艇支队，就有老王和小王这么一对"父子兵"。这爷俩惹人注目，不仅因为关系特殊，还因为他们身上都有热爱潜艇、刻苦钻研的劲头。

老王叫王昌来，一级军士长。由于业务过硬，他被支队抽调到教练室，负责指导各艇鱼水雷岸港训练、专业集训和维护保养等工作。

小王叫王晨，363潜艇鱼水雷部门长。

王昌来与王晨钻研业务

一级军士长、七级士官，任何一个部队如果能有这样一位老兵，都会视其为"宝贝"，因为这样的人实在太少了，他们是军中最牛的兵，把兵当到了极致，是中国人民解放军士官军衔中的最高级别，所以他们被称为"兵王"。

情境再现

政委： 王昌来，你家属来看你了。

王昌来： 知道了，政委。（敬礼）

儿子： 爸爸。

王昌来： 儿子。

儿子： 爸爸，刚才我看见你给那位伯伯敬礼了，你为什么要给他敬礼呢？

王昌来： 因为他是爸爸的领导啊。

儿子： 那爸爸，你也给我敬个礼吧。

王昌来： 哎哟，我的傻儿子，你又不是爸爸的领导，我怎么给你敬礼啊？

儿　子：那我以后就当你的领导。

王昌来：臭小子，你还想当爸的领导，想得美。

老　婆：昌来。

王昌来：我马上就要出航了，晨晨就交给你照顾了，你在家里辛苦了。

老　婆：不辛苦，你照顾好自己。

王昌来：老规矩，这个盒子你收好。

老　婆：（接过铁盒）我等你回来。晨晨，过来，到这儿来，跟爸爸说再见。

儿　子：爸爸再见！

王昌来：再见！

　　每一次潜艇出航执行任务，王昌来都会给妻子留下一个铁盒。因为潜艇会潜入海底数百米，危险难以想象，一旦出现问题，发生意外，几乎没人可以生还。所以每一个潜艇兵在执行远航任务之前，都会给家人留下一封家书，一封永远不愿被家人拆开的家书。当安全返航时，他们会把这封家书撕掉。

　　王晨受到父亲王昌来的影响，从小就热爱海军，热爱潜艇。他小时候曾戏言，想成为爸爸的领导，没想到这句戏言在16年后真的变成了现实。

情境再现

老李：班长，我给你介绍一下，这是咱们新来的……

王晨：爸。

老李：新来的爸。那个……新来的部门长。

王昌来：臭小子。

老李：班长，你怎么说话呢，这是新来的部门长。

王昌来：他是我儿子。

老李：别闹了，他还是我儿子呢。

王晨：他是我爸。

老李：你俩之前就认识？不是吧，你俩啥时候认识的啊？……他一出生你就认识啦。场面有点尴尬，班长，马上开饭了，我得抓紧走了，去晚了就没有咸鸭蛋了。

王昌来：这个老李。

王晨：爸。

王昌来：行啊，你小子，到底成你爸的领导了。

王晨：这都是您教育得好。

王昌来：以后在艇上没有爸，你是我领导，敬礼！

王晨：军士长！

王昌来：是，请指示！

王晨：再过几天就要执行远航任务，准备好了吗？

王昌来：准备好了！

王晨：我也准备好了，这次我将和您一起远航，高不高兴？

王昌来：高兴！

王晨：爸，这次我也要出航了，这是我的铁盒，跟您的放在一起吧。您当了这么多年潜艇兵，执行过那么多次远航任务，儿子向您敬礼了！

中国故事扫码看

在北海舰队某潜艇支队，老王和小王这对"父子兵"，在各自的领域都起到了带头作用。王昌来在潜艇中服役了35年，是为数不多的超期服役的老兵。虽然他是一名一级军士长，但是大家更愿意叫他"鱼雷王"。而他的儿子王晨也是年轻军官中的技术佼佼者，二人既是父子又是战友，经常因为鱼雷的一些操作问题进行探讨，僵持不下的时候，他们还经常进行比拼，在一次次比拼中，二人度过了宝贵的三年。

讲述非凡故事

潜艇是保卫国家安全的重要战略武器。王昌来与王晨这对潜艇兵父子，戍守祖国的水下钢铁长城，跨越26年的军营接力，记录着时光的变迁，铭刻着一个军人家庭的血脉传承和中国潜艇兵的炙热情怀。下面我们就为大家讲述这父子俩的故事。

爸爸去哪儿了？

"爸爸去哪儿？"1988年除夕，3岁的王晨扯着父亲的军装不断追问。王昌来把一块年糕塞进他嘴里，背上迷彩包在辞旧迎新的爆竹声中迈出家门，只留下一个神秘的小铁盒和匆匆远去的背影……每次有紧急任务离家，王昌来都会把这个小铁盒小心翼翼地交到妻子手中，每当这个时候，妻子的眼眶都是湿润的。

终于有一天，王晨偷偷打开了这个印有铁锚的神秘盒子。里面是一摞粮票和一张叠好的信纸，上面写着："老婆，看到这封信的时候，请不要悲伤，孩子还小，拜托你把他培养成人。晨儿，爸爸不能陪你长大了，你要听妈妈的话。"

年幼的王晨自然无法理解父亲为何总要留下这样的"家书"。王昌来也是在多年后才透露了其中一些细节："从听到潜艇指挥舱下达发射管准备，到最后鱼雷发射出管，潜艇兵要完成30多个动作，喊出60多组口令。每个口令、每个动作的内容和顺序都不能错，否则轻者造成鱼雷沉雷，重者可能艇毁人亡。"自从当潜艇兵以来，王昌来从未喊错过一个口令，从未误操过一个动作。

最好的传承就是成为更棒的你

2004年高考时，王晨不顾家人和朋友的劝说，毅然填报潜艇学院，目标是当一名潜艇兵，与父亲并肩战斗。当然，他心里还有一个小秘密：让父亲兑现给他敬礼的诺言。当年9月，他如愿被中国人民解放军海军潜艇学院录取。

2008年6月，王晨毕业后被分到一支潜艇部队，跟父亲成了"同行"。在当年部队组织的专业比武中，王晨获得第一名。2011年6月，王晨作为新装备人才被送到王昌来所在部队，与父亲成为真正的战友。

"老王，上级领导决定，把王晨调到咱们艇，担任鱼水雷部门长，你作为鱼雷班长，不仅要积极配合他工作，还要把你的'绝活'都传给他。"

"是！请领导放心！"

"报告。"父子俩第一次在军营会面时，王昌来给王晨敬了一个标准的军礼，王晨高兴得度过了一个不眠之夜。

有人把发射鱼雷比作打手枪，鱼雷兵就是那个扣动扳机的人。可就是这个看似简单的扣动扳机的动作，王昌来一练就是30多年。

小王"初生牛犊不怕虎"，刚到艇上工作不久，硬是跟父亲较起了劲儿。

一天，小王正在艇上带领艇员进行鱼雷发射操演。他按照在学校学习的操作方法，动作连贯迅速，获得了艇员们的阵阵掌声。站在一旁的老王却当场泼了盆冷水："这样操作，速度太慢，会影响发射时机。"小王不服，主动向老王发起挑战，老王为了让儿子心服口服，欣然应战。"官儿子"挑战"兵爸爸"，消息传开，全艇的官兵都围到了鱼雷舱。

只见，随着一声哨响，父子俩迅速操作起来，小王从系统准备到打开鱼雷锁气阀，再到发射鱼雷，动作熟练紧凑，一气呵成，但还是比老王慢了1分钟。

"学校里教的是空管操作，步骤并没错，我们是作战部队，要按照管内有鱼雷的战斗状态改进操作方法，别小看这1分钟，在战场上早1分钟发射鱼雷就能多一分制胜的把握。"老王的一番言传身教让小王彻底服了气。

在平日的工作中，小王冲劲儿、闯劲儿十足，经常跟战士们一起爬鱼雷发射管搞保养，就连除锈、打扫卫生等工作，他都冲在最前面。他还经常给战士们"开小灶"，补习鱼雷技术新知识，很受部门战士的拥护。但是，在父亲老王眼里，小王却不是鱼水雷部门的领导，而是一个新兵。在工作训练中，老王总是对小王格外"照顾"。有一次，部队组织装备大检查，老王被抽调到机关检查组，负责对各艇鱼水雷专业装备进行检查。听到这个消息后，小王心中窃喜：有父亲坐镇，自己一定能够顺利过关。谁知第二天，老王非但没有照顾儿子，反而在检查小王的部门时格外严格，愣是从"鸡蛋"里挑出了"骨头"：鱼雷发射管液缸弹簧上有一小点油漆。

"这可能是战士在保养刷漆时不小心滴上的。"小王看到父亲发现了问题，连忙上前解释，言语恳切，希望父亲高抬贵手。

"潜艇百人一杆枪，作为潜艇兵，尤其是干部，更应该提高标准，严格要求，这点不小心，那点不小心，就会酿成大祸。"老王当着支队首长和艇领导的面批评了小王。尽管小王被自己的父亲弄得下不了台，可小王对父亲的认真仔细还是很服气的。

当然，小王有时的表现也会令老王"刮目相看"。一次，小王所在的潜艇在码头装填鱼雷，为第二天实弹演练做准备。"整个潜艇最危险的是鱼雷舱，鱼雷舱最危险的工作是装卸爆发器。爆发器是敏感的火工品，在连接过程中稍不小心就会发生爆炸。"这是教员讲课时说到的。所以对于这次鱼雷装填，小王特别重视，做好了各项安全预案。在演练时，负责给鱼雷装爆发器的小张在忙乱中忘了调整爆发器的安全状态，眼看就要把一枚"待发状态"的爆发器装填到战雷中。千钧一发之际，正在一旁负责指挥的王晨一个箭步冲了上去，抢过爆发器，小心翼翼地将其调整复位，避免了一场事故的发生。小王的临危不乱、果敢细心，让这位曾装卸爆发器6 000多次、与死神打过无数次交道的"鱼雷王"一脸骄傲："不愧是我王昌来的儿子，是个合格的潜艇兵！"

一叠笔记传承两代忠魂

王昌来只有中专文化，但他喜欢琢磨，以钻研鱼雷为乐。在30多年的潜艇兵生涯中，他研制发明了"扳机开关指示器""雷尾固定器"等多个实用装置，编写了一系列海军潜艇部队的培训教材。

为潜艇奉献了一生的王昌来快要退休时，因风湿发作，他的56岁生日是在病床上度过的。那天，原本想陪父亲过生日的王晨突然接到出海任务。

"儿子，你要记住：潜艇出海，艇上兄弟们的命都拴在一起。我们必须把所有心思都放在艇上，这不仅是对工作负责，更是对自己家人、对战友和他们的家人负责。这些笔记本里记录了我这些年总结的一些工作方法和数据，好好学，别给我丢脸！"临行前，王昌来把几本厚厚的手抄笔记本交到王晨手里。

接过笔记，王晨感觉很重，因为他接过的不仅是父亲积累了一生的心血和宝贵的经验，更是中国潜艇兵父子跨越30年的血脉传承。在王晨心里，父亲是一名真正合格的潜艇兵，无论军事技能，还是工作作风，都是他学习的标杆。

王昌来的日记本

这一次，轮到儿子把小铁盒和背影留给父亲了。王晨仿佛又想起儿时仰望父亲出征时的样子。如今父亲的脸庞苍老了，但不变的是父亲对潜艇、对大海的热爱和坚守，还有流淌在这对父子血液中的那份共同的报国基因。

感悟非凡故事

带着对亲人的思念，肩负着祖国的使命，我们的潜艇兵常年航行在烟波浩渺的深海大洋。在高噪声、高湿度的封闭环境中，每一名潜艇兵都随时保持作战状态，因为每个艇员、每个部位、每个环节都决定着全艇的安危和战局的胜负。对于他们来说，这正是和平时期军人存在的价值。

我们深知，所谓岁月静好，只因有你们负重前行。你们用血肉之躯铸就了祖国海中的钢铁长城！愿你们每次出航都能安全返航！

孙中锋

孙中锋，1979年8月出生于山东省肥城市，自幼立志从军报国，1998年9月入伍，曾受训于国防大学、国防科技大学、军事科学院。2016年7月，他以过硬的军事素质、优秀的个人条件，被选任为中国第七批赴南苏丹维和工兵大队政治委员，领命出征，并圆满完成为期一年的国际维和行动。2017年8月，他荣获联合国和平勋章、联南苏团总司令嘉奖。

中国蓝盔 大国担当
——岁月如此静好，只因有你们一路守护

季羡林先生在《一花一世界》中曾说："和谐这一伟大的概念，是我们中华民族送给世界的一个伟大的礼物，希望全世界能够接受我们这个'和谐'的概念，那么，我们这个地球村就可以安静许多。"礼之用，和为贵，中国自古以来就是一个崇尚和平的国家，日渐崛起的新中国更是承担起维护世界和平的责任。一批批维和官兵肩负使命，在维护世界和平和国家利益的舞台上扮演着重要角色，发挥着重要作用。

中国故事扫码听

走进非凡故事

一杆蓝色的队旗
召唤我们来自五湖四海
忘却那些无奈
走向世界的舞台
你的脚步是那样坚定豪迈
纵然面对枪林弹雨、肆虐瘟疫
也未曾有过丝毫徘徊
……

这是孙中锋写的散文诗中的一个片段，书写了维和部队战士们的豪迈情怀，也见证了战士们在执行维和任务期间经历的危险和考验。

联合国维和部队是一支跨国界的特种部队，成立于1956年苏伊士运河危机之际。当世界上某国发生战乱、社会动荡不安时，联合国会在征得当事国同意的情况下委派维和部队进驻，制止冲突，维护和平，保护平民。孙中锋便是这千千万万维和部队官兵中的一员。

2016年7月1日，中国第七批赴南苏丹维和工兵大队开始组建。7月8日，南苏丹首都发生大规模武装冲突。7月10日，我国赴南苏丹维和步兵营的一辆装甲车在执行难民营警戒任务时，突遭一发炮弹袭击，造成中国维和战士李磊、杨树鹏不幸牺牲。在这种情况下，来自第81集团军某旅的孙中锋与268位指战员一起赶赴南苏丹任务区，执行国际维和任务。

中国国旗与联合国旗

讲述非凡故事

2016年9月22日，孙中锋所在的中国第七批赴南苏丹维和工兵大队按计划抵达南苏丹。此时的南苏丹，社会动荡不安，武装冲突频发。维和部队面对的是各种不可预知的突发状况，他们不仅要制止冲突，维护治安，还要完成工作计划内的公路、桥梁、难民营、机场等基础设施建设。

风雨兼程，不辱使命

在武装冲突频发的南苏丹，维和部队被不明武装分子劫持的情况时有发生。孙中锋和战友们为维护和平所走的每一步，都是在用生命做赌注。可能有人会问：我们的维和官兵装备精良、训练有素，又怎么会害怕武装分子呢？其实，在维和战士的规章中，有一条叫"最后使用武力原则"。这条原则指的是只有在遇到真正的攻击或受伤后，才可以开枪还击。所以当遇到劫持等情况时，不到迫不得已，他们不会使用也不能使用武力。不过，孙中锋和他的战友们也的确从未恐惧和害怕过。因为他们有自己的办法，他们会向对方展示武力。

"把枪一亮，子弹粗、口径大，对方就走了。"孙中锋说，在世界的舞台上，和平富强的祖国是他们最大的王牌。中国强大的国际影响力和武器装备，让维和士兵和他们的家人感到自豪和踏实。头顶天空蓝，臂挂中国红，这些出生在和平、富强国度的军人们，承担起了维护世界和平的责任。不过，维和官兵的任务并不仅仅是制止冲突，维护治安，他们还要完成工作计划内的基础设施建设。在长达一年的时间里，他们参与了200余项工程施工和应急救助任务，修复道路近600公里。

作为维和官兵，孙中锋和他的战友们明白文化沟通的意义，所以在维和工作之余，他们还自发地与当地居民进行交流互动，主动给当地的小朋友们上课，传播中国文化。

有一次，一个南苏丹的小男孩拉着孙中锋的手说想学一句中国话。在众

中国维和部队在施工

孙中锋给非洲小朋友讲中国文化

多的中国话中,孙中锋选了"和为贵"这三个字教给小男孩。这三个字是中国人血脉中流淌的精神,也是中国对世界的期许。

在世界的任何地方,真正的沟通一定不是靠枪和子弹,而是靠文化。在每一处维和的地方,我们的维和官兵都用"和为贵"的精神展示着对世界的关爱。也正因为如此,当地老百姓才会竖起大拇指说:"中国工兵好,中国好!"在饱受战乱之苦的当地百姓眼里,和平富足的中国就是天堂。

中国维和官兵们的勇敢和担当得到了南苏丹人民的爱戴,也受到了联合国的表彰。在归国前夕,中国第七批赴南苏丹维和工兵大队所有人均被授予代表联合国维和部队最高荣誉的和平勋章。

男儿柔情,家书万金

在南苏丹,维和官兵一次又一次地经历战火。繁重的任务、持续的高温、肆虐的瘟疫,这一个又一个困难他们都克服了,唯独和家人报平安、通消息这个困难很难克服。南苏丹战乱频发、通信不便,于是孙中锋和维和官兵们只能依靠写家书这种"古老"的方式来表达自己对亲人的思念。有人写给已经逝去的奶奶,诉说自己对奶奶的哀思:"好奶奶,等我回去再给您磕头。"有人写给自己的妻子,在遥远的南苏丹表达自己的思念:"好媳妇,等我回家再补偿你。"有人写给父母:"爸妈,儿子已经长大了,我在这里一切都好……我想你们了!"

烽火连三月,家书抵万金。或许只有经历过战火的人,才会真正体会到家书的弥足珍贵，才会懂得和平和团聚的可贵。

面对茫茫大漠，唐代诗人岑参发出了"勤王敢道远，私向梦中归"的感叹。感叹中既有满腔的爱国之情，也有幽幽相思之意。面对处于战乱动荡的南苏丹，孙中锋牢记重托，在异国他乡用生命书写忠诚，但在亲人面前，他也有柔软和温情的一面。

一封家书

凡凡我儿：

这是爸爸第一次给你写信，竟然是在万里之遥的非洲。

这里离家很远，比咱俩曾经说起的那段最长最长的路还要远一万倍，就算坐上飞机直飞也要18个小时才能到。这里和家里不是一个时间，当家里的月亮已经升上天空，这里的太阳还很大很亮。我想说，这回你终于跑到了爸爸前面，因为在非洲执行任务的日子，你那里永远比我这里早5个小时。这里和家里不是一个季节，你穿上小棉袄还冷得够呛，我光着膀子却热得不行。所有这些神奇的事情，都因为我们距离太过遥远。

马上就是你的生日了，这个日子爸爸会永远记得，因为从你呱呱坠地那一刻，我便有了另一个称谓——爸爸。我感到很幸福，更感到责任重大。你的到来给我们这个家带来了不知多少欢乐、多少慰藉。那时候，每当爸爸忙碌一天回到家里，拉着你的小手，亲着你的小脸，听着你咿咿呀呀地学语，这天伦之乐便释然了所有的委屈、所有的疲惫、所有的烦恼。这次出国，我最没有忘记的就是把你从小到现在的照片全部带上，每当翻看一张张你熟睡的、嬉笑的、搞怪的、臭美的照片，我的心便宁静下来，或者会心一笑，或者心驰神往，虽然你不在身边，但它们却是最好的陪伴。

慢慢地，你长大了，开始喜欢问这样或那样的问题，想来令我心酸，你问得最多的一句竟然是："爸爸，你什么时候回来？"渐渐地，我发现"我很快回来"这个笨拙的搪塞理由已经被你看穿。有一次你质问我："很快是多快？"令我一时语塞。我既惊喜又惭愧，惊喜的是你长大了，惭愧的是我确实没有更好的解释。我只得说："爸爸在部队很忙，等一有时间，就回来陪你！"看着你拦住去路，我把你揽入怀里，在你额头深深地一吻，不知能不能让你原谅爸爸给你的所有等待。

妈妈已经不止一次跟爸爸说，你最高兴的事儿就是上学，现在你终于成了一个小学生。你最大的愿望就是我能穿着军装送你上学。你说班上的那些小哥们都在怀疑，你爸爸到底是不是一个当兵的人，因为从来没有见过！你说你最想我哪一天就这么穿着军装突然出现在你的学校门口，把他们"吓"一大跳……

凡凡，爸爸是一个当兵的人，而且现在是一名维和军人，当兵的人说话算话，这次爸爸答应你，等维和任务结束，一定送你去上学，我一定穿着军装出现在你的学校门口，把他们"吓"一大跳！

儿子，爸爸爱你！爸爸爱你们！

这是孙中锋写给儿子的一封家书。在信中他向儿子做出了承诺：一回家，就穿着军装接儿子放学。孙中锋的儿子是一个八岁的小男孩。在很多时候，他还不太能明白父亲肩负了多大的责任，也不太明白父亲所在的地方有多么危险。当他看到父亲在诗中写的"纵然面对枪林弹雨、肆虐瘟疫，也未曾有过丝毫徘徊"时，他问妈妈什么是"枪林弹雨"，并叮嘱妈妈告诉爸爸多打几把伞，这样就可以保护自己。

情境再现

吴京：孙政委，当时你跟家人分别的时候，嫂子怎么就那么冷静呢？

孙中锋：因为她心里清楚，她的丈夫是一名军人，军人就要以服从命令为天职！

吴京：那您的儿子呢？他当时正在上小学，您在跟他道别的时候也这么简单吗？

孙中锋：比这还要简单！

儿子：爸爸，你这次又要去哪儿？

孙中锋：爸爸要去非洲。

儿子：去干吗？

孙中锋：非洲有很多和你一样的小朋友，他们需要帮助。

儿子：那我可以去吗？我也想帮助那里的小朋友！

孙中锋：不行，你还太小。不过，爸爸给咱们家的小男子汉一项任务，保护好妈妈，能做到吗？

儿子：保证完成任务！爸爸，您也要保护好那里的小朋友！

孙中锋：保证完成任务！！

……

妈妈：你的脚步是那样坚定豪迈，纵然面对枪林弹雨、肆虐瘟疫，也未曾有过丝毫徘徊……怎么样？你老爸都会写诗了，他写得好不好啊？

儿子：好！只要是爸爸写的，都好。

妈妈：那你爸有不好的地方吗？

儿子：……有！他不接我放学。我跟班里的小朋友说，我爸爸是解放军，他们不信，因为他们一次都没见过爸爸接我放学，还说我吹牛！爸爸，你快回来吧，回来跟他们说，我没有吹牛……

孙中锋：凡凡，我亲爱的儿子，这是爸爸第一次给你写信……等维和任务一结束，爸爸就穿上军装去学校门口接你放学，证明咱没有吹牛，这一次爸爸保证完成任务！

儿子：妈妈，我今天把爸爸写的诗给同学们读了，他们都说"听不懂"。

妈妈：你们还小，长大后就懂了。

儿子：不行，我现在就得跟他们解释，要不他们又要说我吹牛了。

妈妈：好，哪儿不懂？过来跟妈妈说说。

儿子："枪林弹雨"是什么意思？

妈妈：枪林弹雨就是打仗时枪多得像树林一样，打出来的子弹像下雨一样……

儿子：子弹像下雨一样？妈妈，那你一定要告诉爸爸记得打伞！

妈妈：好，我一定嘱咐他多打几把伞。

儿子：妈妈，那"瘟疫"是什么意思呢？

妈妈：瘟疫是一种病，具有非常强的传染性和扩散性，所以小朋友们一定要注意卫生。

儿子：哦，明白了。那非洲的小朋友是不是很危险？

孙中锋：儿子，正是因为这里很危险，所以才需要很多像爸爸这样的叔叔来这里保护他们！儿子，你要记住，你出生在一个和平、富强的国度，是幸运的。在你平时看来很平常的铅笔、橡皮、文具盒，在这里的小朋友看来，都是十分难得的宝贝！儿子，你要好好学习，多学点知识，这样你才能理解和平的意义，才能真正懂得和平的生活是多么珍贵！

中国故事扫码看

"保证完成任务"成为这两个男人之间的约定，也成为这个父亲对儿子的愧疚。于是，维和任务一结束，孙中锋第一时间穿着戎装完成了与儿子的约定。凯旋的孙中锋成为儿子同学心中的英雄，也成为全中国人民心中的英雄。

维护世界和平，我们从未缺席

站在世界的舞台

儿时
我们都曾有一个梦想在胸怀
要看外面的世界有多精彩
登高，渴望爬上最佳的山峰
行远，期待看到更阔的大海
血脉的传承就注定你对这个世界的无限热爱

从军
我们自知已不再是童孩
一身国防绿
让你拥有的不仅是男子汉气概
张开双臂
拥抱世界
你的内心从未如此澎湃

一杆蓝色的队旗
召唤我们来自五湖四海
忘却那些无奈
走向世界的舞台
你的脚步是那样坚定豪迈
纵然面对枪林弹雨、肆虐瘟疫
也未曾有过丝毫徘徊

施工，主动请命受差
护卫，驱散危险的阴霾
救援，甚至将生死置之度外

面对各种艰难险阻

你从未被担心和恐惧填埋

咱心里最明白

在世界的舞台

祖国就是我们最大的王牌

转眼

归期与来时匆匆一载

回望初心和征途

你可曾几多感慨

是否有成功令己欣然

是否有感动永记心怀

是否有青涩还需历练

是否有遗憾难以遣排

在世界的天空上

是否留下了一片镌刻你名字的云彩

世界的舞台

我们已经到来

世界的舞台

谁都难以置身事外

世界的舞台

其实一直都在

曾经歌唱的我们

其实从未离开……

这是孙中锋在维和期间写下的散文诗中的片段。很多人不理解，为什么远隔千山万水的地方发生战争动乱，我们要派出部队前去维和。孙中锋的这首诗解答了这个问题：中国现在正在走向世界的舞台，并且越来越靠近世界的中心，我们应该在营造和平环境的过程中承担更多的责任。这不仅是国家的责任，也是我们每一个中国人的责任，更是军人肩膀上的应负之责。

而事实也如此，在维护世界和平的进程中，中国从未缺席。2015年9月28日，国家主席习近平在联合国维和峰会上宣布了中国对联合国维和事业的庄严承诺：中国作为联合国安理会常任理事国，参加维和行动已经25年，成为维和行动主要出兵国和出资国。为支持改进和加强维和行动，中国将加入新的联合国维和能力待命机制，决定为此率先组建常备成建制维和警队，并建设8 000人规模的维和待命部队。中国将积极考虑应联合国要求，派更多工程、运输、医疗人员参与维和行动。今后5年，中国将为各国培训2 000名维和人员，开展10个扫雷援助项目。今后5年，中国将向非盟提供总额为1亿美元的无偿军事援助，以支持非洲常备军和危机应对快速反应部队建设。中国将向联合国在非洲的维和行动部署首支直升机分队。中国－联合国和平与发展基金的部分资金将用于支持联合国维和行动。

1990年至2020年的30年间，中国军队先后向柬埔寨、刚果（金）、利比里亚、苏丹、黎巴嫩、苏丹达尔富尔、南苏丹、马里8个维和任务区派遣111支工兵分队25 768人次，累计新建和修复道路1.7万多公里、桥梁300多座，排除地雷及未爆炸物1.4万余枚，完成大量平整场地、维修机场、搭建板房、构筑防御工事等工程保障任务；先后向利比里亚、苏丹2个任务区派遣27支运输分队5 164人次，累计运送物资器材120万余吨，运输总里程1 300万余公里；先后向刚果（金）、利比里亚、苏丹、黎巴嫩、南苏丹、马里6个任务区派遣85支医疗分队4 259人次，累计接诊救治病人、抢救伤员24.6万余人次；向苏丹达尔富尔派遣3支直升机分队420人次，累计飞行1 602架次、1 951小时，运送人员10 410人次、物资480余吨。[1]

"我们是中国维和部队，我们能给你们提供帮助。"这是我国维和官兵做出的庄严承诺，也是中国作为一个大国在世界舞台上承担责任的决心。维和官兵们正是用中国人血脉中流淌的友善与信仰来展示对世界的关爱。

1　改编自：2020年9月国务院新闻办公室发布的《中国军队参加联合国维和行动30年》白皮书。

南苏丹孩子和中国维和战士拉着"我爱你,中国!"横幅

感悟非凡故事

岁月如此静好,是因为有你们一直守候。孙中锋及其战友代表中国执行国际维和任务,为维护世界和平做出了贡献,也展现了中国的大国魅力。制止冲突,维护治安;修路搭桥,完善基础设施建设;传播文化,展现中华魅力。他们用实际行动向全世界人民发出宣告:世界的舞台,我们一直都在。

我们的孩子能快乐地成长,是因为他们出生在一个和平强大的国度。就像孙中锋在他的散文诗中所写的那样:面对各种艰难险阻,你从未被担心和恐惧填埋。咱心里最明白,在世界的舞台,祖国就是我们最大的王牌。

董成森

宋杰

董成森，1927年出生，1944年1月在山东省平度入伍，历经抗日战争、解放战争，在抗日战争时期参加过破坏日军驻青岛平度县南村据点通信设施、交通要道等任务。新中国成立后，曾参与潍坊机场、高密机场、文登机场建设工作。1960年冬，为响应国家实行的"调整、巩固、充实、提高"八字方针，他带着妻儿回到家乡。在他的影响下，一家四代涌现了13位军人。

宋杰，1990年出生，董成森的曾外孙，中国人民解放军战士，曾参加"九三阅兵"和庆祝中华人民共和国成立70周年阅兵。

红色基因 血脉传承
——一家四代跨越六十六年的阅兵梦

在和平年代,对于一名军人来说,参加阅兵式是莫大的光荣。成为方阵中的一员,在天安门前参加盛大阅兵仪式,走过天安门广场,接受党和全国人民的检阅,更是一名军人崇高的梦想。

关于阅兵,有这样一家四代人,他们用忠义与执着书写了一段跨越六十六年的梦想。

中国故事扫码听

走进非凡故事

2016年春晚，侯勇、句号、于恒表演了一个关于"九三阅兵"[1]的小品——《将军与士兵》，让我们真正感受到了解放军战士们参加阅兵训练的艰苦。天安门前，飒爽的英姿，雄健的步伐，都是战士们平日艰苦训练、流血流汗的结晶。

在参加"九三阅兵"的方阵中，有一位叫宋杰的战士。他为了完成家里四代13位军人在天安门广场参加阅兵的梦想，每天都刻苦训练，并最终成功入选2015年纪念中国人民抗日战争暨世界反法西斯战争胜利70周年的阅兵方阵。

情境再现

宋杰： 齐步走！正步踢腿练习，一！

高博： 可算是找着了，宋杰你好，我是都市报记者，听说你入选阅兵式了，我采访你一下，行吗？

宋杰： 抓紧时间！我这次回家只有一天，我还要训练呢！

高博： 谢谢，我跟他们采访不一样，我是体验派的记者，你带我体验一下训练，好吗？

宋杰： 好吧，抓紧时间，从正步基本功一步一动开始，一！

宋杰： 重来，一！重来，一！重来，一！……

高博： 卡碟了是吧，老是一，你来个二啊，我可以的。

宋杰： 重来！抬头、挺胸、收腹，后腿绷直，脚尖下压，与地面平行，离地25厘米！

高博： 别扯了，谁出门还带把尺子啊？

---

[1] 2014年2月27日，十二届全国人大常委会第七次会议经表决通过，将每年9月3日确定为中国人民抗日战争胜利纪念日。2015年是中国人民抗日战争暨世界反法西斯战争胜利70周年，我国于9月3日举行了一次史无前例的大阅兵——九三阅兵。

宋　杰：我有。到这就是25厘米，记住了吗？

高　博：记住了。

宋　杰：第二步，踢腿生风，砸地有坑。一！踢腿！二！砸坑！……

高　博：你别坑我了，就我这腿脚，真砸不出来，你换点简单的。

宋　杰：好啊，站军姿。

高　博：就跟谁高中没军训过似的。来，咱们站军姿。

宋　杰：立正！站得不错，军姿半小时，开始！

高　博：我家里有事，我先走了……

宋　杰：不行，既然开始了，就必须完成训练。

舅　舅：立正！干什么呢？！马上就要接受检阅了，不能马马虎虎。你知道吗？你舅舅我一直梦想着加入阅兵方队，在天安门前接受检阅，但直到今天都没能实现这个梦想。你要珍惜这次机会啊，训练！

宋　杰：是！

舅　舅：这位是？

高　博：我是记者，您是舅舅吧？您来评评理，他让我站军姿半小时，您得救救我。

舅　舅：你怎么能让人家站半小时呢？起码一小时！

高　博：舅舅，我还有事，我先走了……

舅　舅：不行！既然开始了，就必须完成训练。下面考核一下阅兵知识。天安门东西华表距离是多少？一共要踢多少步？需要用多长时间？

宋　杰：96米！128步！66秒！

舅　舅：你能保证每一步都踢腿生风，砸地有坑吗？

宋　杰：能！

董成淼：立正！不能动。你们干什么呢？马上就要阅兵了，不能马马虎虎！知道吗？！……你是谁啊？

宋　杰：他是记者，是来体验训练的。

董成淼：体验体验好啊，你都体验到什么了？

高　博：我真有收获，我觉得就阅兵这训练，累、苦，而且太乏味了，所以

我觉得，作为军人，真了不起！

董成森：这个没有什么，兵要练得好，训练少不了。那么多年了，我一直有个遗憾！

高博：您还有遗憾？您跟我们说说。

宋杰：还是我来说吧！我太姥爷是新中国第一代空军，入选了1949年开国大典受阅部队，但在筛选阅兵方队人员时因打靶两环之差，没能进入受阅方队，这成了他一生的遗憾。成为受阅方队中的一员是我们全家四代军人的梦，他们把梦想寄托在我的身上，希望我不辱使命。

中国故事扫码看

讲述非凡故事

宋杰是董成森家里现役或退役的13位军人之一，是这个大家庭的第四代。1949年，他的太姥爷董成森作为中华人民共和国第一代空军代表，入选1949年开国大典受阅部队，有机会在天安门前参加开国大典阅兵式，接受毛主席的检阅。但因打靶成绩两环之差，他没能进入受阅方队，只能观礼。这成了董成森一生中最大的遗憾……本以为今生与大阅兵无缘了，但就在"九三阅兵"受阅仪式前一个月，近90岁高龄的董成森老人接到通知，将以抗战老兵身份参加阅兵，接受习近平总书记和全国人民的检阅。

一朝戎马，一世奉献

1927年，董成森出生在一个贫苦的农民家庭。6岁时，他的母亲和弟弟被土匪掳走，父亲去讨说法，结果被打成重伤。这让董成森小小年纪便挑起了家庭重担，一路逃荒要饭到青岛寻母。1938年1月，日军占领青岛。当时，11岁的董成森正随父亲在青岛靠做苦力度日。驻青岛的日军规定：男孩满12岁就得上日本学校，毕业后当日本兵……

"这怎么行，中国人怎么能当日本兵？！"董成森的父亲坚决反对，便卷起铺盖带着他连夜返回平度老家。回家后，父子俩的生活没有着落，无奈之下，11岁的董成森便开始给地主家放牛。

那时候，日军已经占领了平度大部分土地，并修建了很多炮楼，给当地的地下武装工作带来很多不便。从小就仇恨日本鬼子的董成森，便利用放牛的机会当起了交通员，给八路军传递情报。每次传递情报时，董成森都把信藏在割草的篓子里，或者放在牛背搭子的夹层内。由于是放牛的小孩，他并未引起日军的注意，多次顺利完成任务。

随着传递情报的次数增多，董成森渐渐积累了与鬼子和伪军斗争的经验。有一次，交通员将一封信交给董成森，并再三叮嘱，晚饭前要送到后斜子村，这封信无论如何也不能落到敌人手里。董成森将信搓成长条，藏在赶牛用的鞭子里就出发了。

快到后斜子村时，他碰上一群伪军正准备进日军的据点。在等待放吊桥的间隙，一名伪军走到董成森面前，左瞅右瞧，突然揪起董成森的衣领问道："小孩，你是哪个村的？干什么去？"董成森抬起头看了伪军一眼，镇定地回答道:"我是前双丘村的,去后斜子村姥姥家。"狡猾的伪军并没有因此放过董成森,将他的全身都搜遍了,也没发现可疑的地方。此时,伪军看到董成森别在腰上的鞭子不错,便一把夺了过去,说:"小孩,你的鞭子不错,给我玩两天。"

"鞭子里藏有重要情报,决不能让敌人拿走。"想到这,董成森立马冲上去,想夺回鞭子,但由于个子太矮,怎么也够不着伪军高高举起的鞭子。董成森灵机一动,狠狠地在伪军的胳膊上咬了一口。只听"哎呀"一声,伪军一甩手,把董成森摔倒在地上。随后,恼羞成怒的伪军将鞭杆折成两段,恶狠狠地扔在地上,那封信也掉了出来。就在这千钧一发之际,董成森一个滚翻压住鞭子,大哭起来,嚷嚷着要伪军赔他鞭子。伪军们看见吊桥已经放下,就没有再跟董成森计较,在一阵哄笑中走进了据点。董成森趁机赶紧将情报塞进衣兜,过了关卡,顺利地完成了任务。

在与八路军的多次接触中,董成森逐渐懂得了革命的道理。于是,年仅14岁的董成森参加了县里的八路军武装委员会。次年,他正式参加八路军。"当时,领导看我太小,想通过考查枪械操作让我知难而退。谁能想到,虽然我还没有步枪高,但拿起枪来动作非常熟练。"董成森回忆道,"在一次拔除日军据点的作战中,一块弹片把我的右大腿削开手掌大一块肉,血流如注,疼痛难忍!由于缺医少药,我咬着木棍,让战友用破衣服给我包扎……。"在孟良崮战役、潍县战役、青即战役中,董成森英勇顽强,舍生忘死,多次立功。

新中国成立后,董成森被送到徐州干部培训班学习。毕业后,其部队转隶空军编制,他主要负责修建机场。几年间,潍坊机场、高密机场、文登机场都留下了他默默奉献的足迹。

转业后,董成森被安排到济南钢铁厂工作。1960年,中共中央提出"调整、巩固、充实、提高"八字方针,号召各行各业支持农村经济建设。负责工会工作的董成森按照厂里的要求,动员工人回乡支持农业建设,但响应者寥寥无几。

一天,他对老伴高秀珍说:"现在国家正处在困难时期,要不咱们带着孩子们回老家吧！"就这样，董成森放弃了大城市生活和干部身份，带着妻儿回到了家乡。有人替他惋惜：你是英雄，支持农村建设怎么也轮不到你啊！

董成森却不这样认为，他说："当初打鬼子、打老蒋，为的是普

董成森和他的夫人高秀珍

天下的穷人翻身得解放，让老百姓过上好日子。现在国家遭受自然灾害，经济困难，作为一名共产党员和抗战老兵，我理应苹头响应国家号召，做出表率。"回村不久，董成森被推选担任村党支部书记，一干就是30年。在他的带领下，前双丘村逐渐成为远近闻名的富裕村。

考虑到董成森全家有9口人，负担沉重，县里几次劝他办残疾证，然后去县武装部任职，以改善家里的生活。董成森断然拒绝了组织上的安排。他说："一起参加革命的许多同志都牺牲了，有的连姓名都没留下，你看我不但活了下来，还有一大家子人，我很幸福，我很知足。"

一个男人，心里首先装着国家，装着大家，最后才是自己。他把保家卫国当成自己最大的责任。

铭记历史，砥砺前行

1937年7月7日夜，日军在北平西南卢沟桥附近演习时，以士兵"失踪"为名，要求进入宛平城搜查，挑起卢沟桥事变（七七事变），日本帝国主义全面侵华战争开始。卢沟桥旁的枪炮声，震醒了沉睡的中华民族，拉开了中华民族进行全面抗战的序幕，开辟了世界上第一个反法西斯战场。

在民族存亡的危急关头，中华民族同日本军国主义侵略者展开了殊死斗争，独立支撑着世界反法西斯战争的东方主战场，并创造了最终取得胜利的奇迹。1945年9月2日，日本向盟军投降的仪式在东京湾密苏里号军舰上举行，日本外相重光葵和参谋总长梅津美治郎在投降书上签字。这是中国近代

以来反侵略历史上的第一次全面胜利，也为世界反法西斯战争的胜利做出了巨大贡献。

1945年9月3日，中国近代史上的所有屈辱在这一刻被洗刷。全国许多城市都举行了大游行，欢呼声、锣鼓声不绝于耳。延安全城轰动，《解放日报》报道："送号外的骑兵和通讯员，把大小村庄都唤醒了。有些人刚揉开眼睛，就跑出被窝欢叫起来，到处是兴奋的人群，到处是欢笑和议论。"

2015年是中国人民抗日战争暨世界反法西斯战争胜利70周年。9月3日，循着胜利日阅兵的国际惯例，我们的祖国在天安门广场举行了史无前例的大阅兵，即"九三阅兵"。这是对抗战胜利的纪念，是对抗战英雄的缅怀，也是对世界和平发展的期许。

2015年9月1日，董成森按时抵达北京，紧张而又兴奋地为即将到来的阅兵式做着准备。然而，遗憾的事情还是发生了：在阅兵前的几个小时，医生来为老兵们做例行检查时发现，董成森的血压高压超过180 mmHg，在家人和医生的劝说下，他只能去参加观礼。9月3日上午10点，大阅兵正式开始，25岁的百团大战"白刃格斗英雄连"英模部队方队下士宋杰和88岁的抗战老兵董成森，同时出现在阅兵仪式的现场。

当老兵方阵出场时，董成森站起来深情地敬了一个军礼。第一次亲眼见到中国人民解放军的现代化武器装备，董成森十分激动。他说："第一次接受毛主席的检阅时，一般的小炮车都是用牲口拉着，只有榴弹炮等大炮车才能用牵引车拉。再看现在，有导弹、火箭、各种火炮和坦克……我们的国家强大了，人民的军队强大了！我在有生之年还能再次参加阅兵式，已经没什么遗憾了。"

对所有为新中国付出鲜血和生命的老兵们而言，阅兵梦是他们铭记于心的信念与荣光。在"九三阅兵"方阵中，参加阅兵的抗战老兵们备受关注。他们是从苦难辉煌中走来的英雄壮士，是从枪林弹雨中走来的光荣前辈，每一个老兵的故事都是一段传奇，都值得我们铭记。

受阅的抗战老兵

不忘初心，使命传承

《礼记·大学》曰："欲治其国者，先齐其家；欲齐其家者，先修其身。"董成森通过立家规、严家教，培育出好家风，为后人树立了学习的榜样。

在董成森家里，有一个雷打不动的习惯，无论谁去当兵，或者考上大学，都要到写有"铁心跟党走，报国一家人"的墙前与董成森一起照张相，并带在身边。孙子董玉琦深有感触地说："每当军事训练遇到困难时，我都会拿出这张相片，暗暗地告诫自己，你是抗战老兵的后代，一定要刻苦训练当标兵，不能给爷爷丢脸。这在无形中对自己起到了激励和鞭策的作用。"

受到董成森的影响，董家除了五个女儿外，其余基本都是军人，包括三个女婿。是不是当兵的，成为董成森选择女婿的第一标准。

在董成森家中，有一顶帽子和一条皮带。这两件物品是一家几代人儿时最难忘的记忆。家中每个男孩子都会把它们穿戴在身上"过家家"。这也是家中一代一代军人梦的开始。

董成森经常给村里的孩子们、家里的子孙们讲故事。而这些都在潜移默化地影响着孩子们的选择……1990年，董家第四代，董成森的曾外孙宋杰出生了，和所有董家人一样，宋杰是听着太姥爷的故事长大的，他从小就喜欢把军装穿在身上，梦想着有一天能成为一名军人。

董成森

  小时候家里没有电视，宋杰童年唯一的乐趣就是整天缠着董成森讲抗战故事。而他最骄傲的事情就是将自己听到的抗战故事讲给小伙伴们听。

  2009年新中国成立60周年大阅兵时，董成森给宋杰讲了自己开国大典时未能入选受阅方队参加大阅兵的遗憾。从此，宋杰就将太姥爷的这个遗憾放在心里，想着如果有一天自己当兵了一定要努力，参加阅兵，替他完成心愿。董成森的革命精神和从小对参加阅兵的向往，让宋杰坚定着自己的信念。

  2010年，20岁的宋杰如愿入伍，并成为十大英模部队之一——百团大战"白刃格斗英雄连"的战士。2015年，"白刃格斗英雄连"接到指示，将参加纪念中国人民抗日战争暨世界反法西斯战争胜利70周年大阅兵，接受党和全国人民的检阅。宋杰第一时间把这个好消息告诉了董成森。那天，88岁的董成森老人再次郑重地穿上了自己的军装，在镜子前伫立了许久。

  从一名在演训场上摸爬滚打的战士，成长为阅兵场上步履铿锵的"标兵"，宋杰的道路并非一帆风顺。他初到阅兵集训点时，训练成绩并不突出，"O"形腿、站不稳、膝盖弯……诸多问题令他险些被淘汰。但是圆全家"阅兵梦"的信念让他不敢轻言放弃。白天，他总是队员们口中"最刻苦的那一个"。夜深人静时，他还自我"加码"，将双腿绑上沙袋练习踢腿，恶补短板。凭着超乎常人的毅力和付出，宋杰最终通过层层选拔，如愿成为百团大战"白刃格斗英雄连"英模方队中的一员，阔步走过天安门广场。

宋杰只是董成森这位抗战老兵全家13位军人的缩影。他们都以保卫祖国、保卫人民为己任，用实际行动践行着中国人民解放军的入伍誓词：

服从中国共产党的领导，
全心全意为人民服务，
服从命令，严守纪律，
英勇顽强，不怕牺牲，
苦练杀敌本领，时刻准备战斗，
绝不叛离军队，誓死保卫祖国。

董成森一家四代13位军人

感悟非凡故事

四世同堂，一家13位军人，不仅传承了军人这个职业，也传承了军人坚忍、正直、无私奉献的精神。作为军人，他们不相信有完不成的任务，不相信有克服不了的困难，不相信有战胜不了的敌人。

这就是中国军人的气魄，不忘初心，方得始终。

夏付华（左）和夏荔（右）

夏付华，1962年出生，中铁十九局胡麻岭隧道一号洞的测绘员，是一名为"铁建事业"奉献了36年的铁路建设者。2009年3月，夏付华进入胡麻岭隧道工程现场，因工作任务繁重，每年只能回家两次，和家人聚少离多。在他儿子心中，夏付华是一个不折不扣的"大英雄"。

夏荔，1981年出生，中铁十九局胡麻岭隧道二号洞的总工程师。2010年9月，他进入胡麻岭隧道工程现场，并带领团队创造性地发明了"九宫格作业法"，成功攻克"在第三系富水粉细砂地层里挖隧道"这一世界性难题，为兰渝铁路的顺利贯通做出了重要贡献。

坚守信念 创造奇迹
——父子同心，攻克世界难题，彰显中国智慧

"蜀道之难，难于上青天。"这是我国唐代著名诗人李白在《蜀道难》中的诗句。用这句诗来形容兰渝铁路建设之难，一点都不为过。

兰渝铁路与渝贵铁路相连，形成了一条从西北至西南出海口最便捷的铁路运输大通道，成为与京广线、京沪线并列的三条纵贯南北的铁路大动脉之一和连通"丝绸之路经济带""21世纪海上丝绸之路"的重要通道。但这种种利好，却险些被胡麻岭隧道的最后173米阻止。

中国故事扫码听

走进非凡故事

2016年11月11日，习近平总书记在纪念孙中山先生诞辰150周年的大会上提道：1917年到1919年，他写出《建国方略》[1]一书，构想了中国建设的宏伟蓝图，其中提出要修建约16万公里的铁路，把中国沿海、内地、边疆连接起来……孙中山先生擘画的这个蓝图，显示了他对中国发展的卓越见解和强烈期盼。当时，有的外国记者认为孙中山先生的这些设想完全是一种空想，是不可能实现的。

的确，在旧中国的政治经济社会条件下，孙中山先生的宏大构想是难以实现的。而今天，在中国共产党的领导下，在全国各族人民的顽强奋斗下，中国铁路已成为新时代的中国骄傲。急速飞驰在轨道上的列车，让天涯若比邻成为现实。

兰渝铁路是孙中山先生在《建国方略》蓝图中提出要修建的一条铁路，但由于当时的铁路技术还不够成熟、不够先进，这一设想一直未能实现。经过几代人的努力，2017年9月29日，这条让中国人民盼了近一百年，途经甘肃（甘）、陕西（陕）、四川（川）、重庆（渝）22个县、市、区，曾让世界专家束手无策的"天堑"铁路，全线通车。

兰渝铁路全长886公里，是我国铁路建设史上最难啃的"硬骨头"之一。其全线穿越10条区域性大断裂带、87条大断层、多处第三系富水粉细砂地层[2]，是一条施工难度极大、风险极高的铁路。中国铁建十九局承建的胡麻岭隧道全长13.6公里，是千里兰渝线重难点工程的典型代表，也是全线最后一座贯通的隧道。

1　1917年到1919年，孙中山倾其毕生学力著《建国方略》，系统地抒发了自己的建国宏愿和构想。《建国方略》由《民权初步》《孙文学说》《实业计划》三篇构成。
2　第三系富水粉细砂地层是一种含水率特别大、颗粒比面粉还细的砂体。

讲述非凡故事

兰渝铁路从开工建设到全线贯通,历时九年。其中,胡麻岭隧道的最后173米就挖了六年。胡麻岭隧道被誉为兰渝铁路的"鬼门关",位于兰州榆中县与定西市渭源县交界处,穿越一座水库和一条河流,有3.25公里穿越第三系富水粉细砂地层,围岩液化十分严重,被外国专家鉴定为不可能被打通的隧道。

在胡麻岭隧道的建设者中,有这样一对父子,父亲是一号洞的测绘员,儿子是二号洞的总工程师。他们和工友们秉持"没有过不去的河,没有攻不破的山"这一共同信念,闯过了"鬼门关",攻克了"世界难题"。

长大后,我就成了你

2018年是夏荔在胡麻岭工作的第八年。提到和中国铁路的缘分,夏荔说:"这份铁路情源于我的父亲。"夏荔的父亲夏付华曾是一名铁道兵,转业后成为中铁十九局的一名测绘员。

小时候,年幼的夏荔经常见不到父亲的身影。到了初中,每当写作文遇到《我的父亲》这类题目时,夏荔都不知道该如何下笔。因为他的父亲每年就回家两次,每次都只能在家停留十几天。

夏付华一家

让夏荔记忆最深的是,有一次他和母亲去火车站接父亲。夏荔回忆说:"父亲下火车看到我就哭了,因为一年前他出去的时候,我没有他高,再见面时,我已经比他高一头了。"那时候夏荔还不明白父亲为什么会哭,直到自己也有了孩子。

在有限的见面时间里,父亲总是喜欢带夏荔去坐火车,然后指着铁路说:"儿子,你看,这条铁路是爸爸修的。"夏付华或许想用这样的方式让夏荔明白自己的工作和常年不回家的原因。

事实证明,夏付华成功了。夏付华常说自己是中国铁路上的一块砖,但在夏荔心中,父亲是一个大英雄。怀着对父亲的崇拜,也为了能够多见父亲,夏荔从小就希望自己成为一名铁路工程师,后来他果然梦想成真了。在得知父亲调到胡麻岭工程后,夏荔主动向单位申请调过去,只希望能够多陪陪父亲。

没有过不去的河,也没有攻不破的山

兰渝铁路从"一带一路"重镇兰州出发,穿越横亘在兰州榆中县和定西市安定区之间的胡麻岭,然后再一路向南,跨越千山万水,最终到达重庆,把黄河上游和长江上游两个具有重大政治、经济、军事意义的区域连接起来。

2009年3月,胡麻岭隧道工程开工,前三年隧道掘进顺利,每个月都能掘进近百米。到2011年8月时,13.6公里的隧道挖到仅剩下173米。这样的施工速度让工程团队的每个人都惊喜不已,项目部甚至已经准备好了庆功酒,但令所有人都没有想到的是,这顿庆功酒足足推迟了六年。

在距隧道贯通还剩173米时,地质突然出现变化,大量泥沙涌出。这使得先前已经挖好的隧道反而倒退了200多米,工程队被迫停止施工。经过地质勘探确认,胡麻岭隧道出现的地质叫作第三系富水粉细砂地层,围岩级别达到六级[1],岩体比面粉还细。

第三系富水粉细砂地层的地质非常脆弱,稍有不慎,隧道就会变形和塌方,造成人员伤亡。在这种条件下挖隧道,被形象地比喻为"在豆腐脑里打洞",任何现代化机械都无计可施,只能靠人工挖掘。面对这种像豆腐脑一样的土层,每个月平均只能掘进四五米,堪称世界级难点工程。

---

1 工程地质学把重分布应力影响范围内的岩体称为围岩。在建设胡麻岭隧道之前,围岩只有五级。胡麻岭隧道之后才出现了六级围岩。五级围岩相当于细砂子,六级围岩则达到比面粉还要细的程度。这种岩体刚挖出来时呈固体状,随后,先是像出汗一样渗水,一会儿顶部开始坍落,再过一会儿底部开始滑动,形成涌动的流砂,整个过程不到20分钟。

危急关头，在工程技术方面颇有天赋的夏荔临危受命，从七号洞调到了父亲对面的二号洞，成为胡岭隧道二号洞的总工程师。

　　作为总工程师，夏荔每天都要检查隧道里有没有裂痕并给大家安排一天的工作。他回忆说："有一次自己在隧道里给工人们安排工作，背对着围岩，领导有事叫我，我刚走了两步，就有一块半米厚三米高的砂体砸了下来。现在想想真的很后怕。"

　　即使情况危险，夏荔和他的团队也深知不能放弃。兰渝铁路从2008年就开始修建，是一条国家花了800多亿元打造的铁路干线，是成千上万名铁建人用血汗换来的干线，是三省一市1.8亿人民期待的一条干线。如今，所有的希望都卡在了这最后的173米，如果不想办法攻破它，兰渝铁路沿线已经修建的396座桥梁和已经贯通的225座隧道都将功亏一篑。

情境再现

夏荔： 我是儿子，夏荔。

夏付华： 我是父亲，夏付华。

夏荔： 我爸在胡麻岭隧道的一号洞，我在二号洞，我们有两年没见面了。

夏付华： 儿子，爸想你了。

夏荔： 爸，我也想您，我想和您掰腕子，现在您不一定能赢我了。隧道挖

得真快呀，两年时间，13.6公里的胡麻岭隧道，挖得只剩下这最后的173米了。

夏付华： 儿子，记住爸说的话。

夏荔： 爸，记住了！没有过不去的河，也没有攻不破的山。

……

工友1： 老夏，你还挖啥呀，咱俩喝两盅去？

夏付华： 不喝了，你先走吧。

工友1： 加班啊？我知道了，你想尽快把这个隧道挖通，跟你儿子早日见面，是不是？

夏付华： 对呀！

工友1： 哎，就剩这173米了，还能塌方不成？……老夏，这是啥玩意儿？

夏付华： 泥巴。

工友1： 怎么能有泥巴呢？……快走！

（隧道塌方）

2011年8月，胡麻岭隧道一号洞和二号洞涌出大量泥沙，淹没了隧道。虽然无人员伤亡，但原本只剩173米的隧道，却因为这段国内罕见的地质问题而面临停工。这也是胡麻岭隧道被称为"鬼门关"的重要原因。

工友2： 夏总工，我知道你从七号洞调到二号洞就是想帮助你爸早点完工。可是，咱们来这一个月了，刚挖进去5厘米。咱们挖隧道，怕软不怕硬，你看这泥巴高的，咱们挖一铲子它掉下来两铲子，人家国外专家都说了，人类是不可能在这种地质中挖隧道的。

夏荔： 我就觉得可能！

工友2： 夏总工，工程都歇了，赶紧走吧。你不是早就想跟你爸见面吗？

夏荔： 是很想，但我爸要是知道我这么轻易就放弃了，他是不会原谅我的。

……

夏荔： 爸，也不知道您在一号洞怎么样？您的身体还好吗？血压那么高，

您一定要注意自己的身体。

夏付华： 儿子，爸没事。

夏荔： 爸，国外专家说不可能挖通胡麻岭，可我觉得有可能。

夏付华： 我也觉得有可能。儿子，记住爸跟你说过的话。

夏荔： 爸，我记住了，没有过不去的河，也没有攻不破的山。我相信，咱爷俩一定能在这胡麻岭隧道见面。

中国故事扫码看

为解决这一难题，夏荔团队邀请国内外专家一起商讨解决方案。国际工程地质与环境协会主席卡罗斯曾两次到施工现场调研，国内外院士和专家曾先后38批次到现场分析指导，意大利专家对此束手无策，美国专家对此大呼无奈，德国专家带着世界顶级设备和专业团队连连失败，直呼"不可能！"。

"不可能！"这三个字让夏荔和整个团队都快崩溃了。怎么办？飞过去吗？当然不能！既然飞不过去，那就必须打通胡麻岭。

面对国外专家的质疑和否定，夏荔想明白了："中国人的问题，还得靠中国人自己解决。"地层里全是细粉砂，那就灌注化学浆液固结细砂；隧道里全是水，那就用水泵抽水排水。经过100多个日夜的苦思冥想，夏荔和他的团队终于解决了这个世界级难题。他们创造性地想出了"九宫格作业法"，将一个大的作业面分成九个小的作业面，就如同将一个放大的九宫格火锅覆盖了上去,这回岩体稳定性终于得以保证,不再反复变形塌方了,挖掘工作得以顺利开展,隧道的挖掘速度达到每天7厘米。开工第三年,隧道挖掘速度提升到每天9厘米。

九宫格作业法

173米,于列车上的旅客而言,不过是倏忽之间,甚至难以察觉。而对中国铁路人来说,为了啃下这段"硬骨头",他们殚精竭虑,耗费了整整六年时光。夏付华、夏荔父子的背后,还有无数刻苦攻关、默默奉献的铁建人。

2017年6月19日,胡麻岭隧道成功贯通。六年,173米,世界级难题终于被攻破。2017年9月29日,兰渝铁路全线通车,这条让全世界专家都束手无策的天堑之路被中国铁路人彻底攻克。

中国铁路建设者们凭借自己的智慧和力量,用实际行动向世界证明,中国人自己有能力、有智慧、有决心解决自己的难题。没有过不去的河流,没有爬不过的山峰,困难不会阻挡破题者、攻坚者的步伐,只要精神不滑坡,办法总比问题多。

一条隧道贯穿三代人

在胡麻岭隧道没有打通的六年中,夏荔与父亲虽然物理距离很近,但父子两人要见面,需要绕十多公里的山路,从山的这头翻到山的那头,而且就算徒步绕过十多公里,两人也不一定能见到。

夏荔的父亲回忆道:"我的工作是测绘,相对来说,他的工作太忙了,几乎没时间见面,虽然有电话,但隧道里没有信号,没法打,他闲的时候给我打电话我却进隧道了。有时想他了,我就一个人徒步到距离十多公里外的骡子滩二号洞去看他,可大多时候他都在隧道里,见不着,我就又走回来了。"就这样，六年的时间，除了春节或者开会能见一面外，这对相隔173米的父子连一顿饭都没有在一起吃过。

亲情是一条长长的隧道，父亲在山这头，儿子在山那头。开工第一年，父子相隔173米；开工第三年，父子相隔96米；开工第六年，父子相隔15米。2017年6月19日，胡麻岭隧道贯通的那一刻，夏荔在隧道的另一头看到了父亲熟悉的身影。父子俩在隧道中紧紧相拥，喜极而泣。这对父子经历了八年奋战，六年守望，终于在隧道中相见。

除了见不到父亲外，夏荔同样见不到的还有自己的妻子和女儿。夏荔的妻子也是胡麻岭项目中的一员。三年前，夏荔的女儿在胡麻岭隧道出生，夫妻俩给孩子取了一个小名叫"垚垚"。隧道里的生活虽然艰苦，但有妻子和女儿陪伴在身边，夏荔也觉得幸福安稳。这也增强了他攻克胡麻岭隧道这个世界级难题的信心。夏荔心想，如果女儿能够陪着自己见证隧道打通，也是一件幸福的事情。

但夏荔的这个愿望落空了。垚垚一岁多的时候，由于不适应胡麻岭的环境，突然高烧到40℃，全身上下发青。医生告诉夏荔：孩子是惊厥，如果再次发烧，可能会烧坏脑细胞。于是，夏荔不得不把妻子和女儿送回老家。之后，三岁的垚垚只见过父亲两面。夏荔说："自己每次和女儿视频，女儿都喊着不要爸爸。小时候我不理解父亲为什么总是不在家，为什么别人的父亲都能陪着孩子一起成长，但当我成为一名父亲，时隔一年才能见到女儿时，我突然明白了一个做父亲的心情，我的父亲不是因为苦和累落泪，而是因为不能够陪伴他的孩子而流泪。"

夏荔有一个心愿——带着家人一起坐一次兰渝铁路。他说："火车行驶到胡麻岭的时候，我会告诉我女儿胡麻岭隧道一米一米的故事，让女儿知道我们中国的铁路建设者是很强大的。我相信，她也会为自己的爸爸感到骄傲和自豪。我希望，有一天我也可以成为我女儿心中的英雄。"

聚少离多是中国铁路人家庭的常态。夏荔的妻子常程程和她的父母也是铁路人。谈到和夏荔聚少离多，她说："我有着和夏荔一样的成长经历，就像我理解我的父亲一样，我也理解夏荔，也会支持他……他认认真真上班，是他对工作负责；他平平安安回家，是对我和女儿负责。"

在整条兰渝铁路的修建过程中，还有不计其数的感人故事。在千千万万中国铁路建设者中，还有无数像夏付华、夏荔父子这样的家庭。他们在不可想象的困难中砥砺前行，秉承初心，用钢铁般坚忍的意志，达成了中国人修建兰渝铁路的百年梦想。铁路是国民经济的大动脉，在经济和社会发展中有着举足轻重的地位和作用。维持这条大动脉的正常运行，离不开像夏荔父子这样默默无闻、坚守奉献的铁路工人。

铁建精神是夏荔和常程程两家人的信仰，也是无数中国铁建家庭的信仰。因为他们明白，自己的努力会让山区的孩子们有机会走出去看一看这个精彩纷呈的世界，所以他们在困难面前从未放弃；因为他们明白，自己的坚持会让背井离乡的年轻人和父母多一些欢聚和重逢，所以无数的铁建人选择了背井离乡、聚少离多的生活。而正是他们的选择，让祖国的土地上出现了越来越多的超级工程。

感悟非凡故事

兰渝铁路只是我国大国工程的一个缩影。在中国960万平方公里的土地上，这样的超级工程随处可见。这些超级工程的背后是无数工程师、无数团队、无数工人坚持不懈的努力和奋斗，是无数像夏荔一家那样的家庭的默默付出。正是因为他们的存在，才造就了属于我们国家的一个又一个奇迹。如果各行各业都为梦想而努力，而且不轻言放弃，我们的祖国就会越来越强大。

"没有过不去的河，也没有攻不破的山。"让我们向铁建人，向各行各业不轻言放弃的人致敬。

诚信关爱

从左至右：万其珍、万芳权、万秋林

万其珍，1942年出生，中共党员，湖北省建始县三里乡大沙河村农民，信义渡口的第三代摆渡人，曾荣获"中华十大信义人物""湖北省道德模范"等荣誉称号。2018年11月，被中央宣传部、国家发展改革委授予"诚信之星"称号；12月，入围"感动中国2018年度人物"。2019年6月，成为德耀中华第七届全国道德模范候选人；9月，获得第七届全国道德模范提名奖。

万芳权，1971年出生，湖北省建始县三里乡大沙河村农民，信义渡口的第四代摆渡人。

万秋林，1995年出生，湖北省建始县三里乡大沙河村人，现从事汽车美容工作，信义渡口的第五代摆渡人。

五代义渡 百年守信
——一家五代免费摆渡143年,只因一句承诺

许一个承诺,可能只需要几秒钟,但是你愿意用多长时间去坚守这个承诺呢?是一个星期,一个月,一年,十年,还是一百年?在湖北省建始县三里乡大沙河村,有一家人信守着一个承诺,历经五代,143年!

冬去春来,夏逝秋至,木船变成铁船,篙杆变成船桨,不变的是那份质朴的承诺。万家五代人因一句承诺,以桨为笔,书写着"义渡"人生!

中国故事扫码听

走进非凡故事

湖北省建始县三里乡大沙河村有一条蜿蜒的小河,这条河划开了起伏连绵的群山,横亘在村民的农田与住所之间。140多年前,村民们每天都要绕行很远到对岸劳作。曾经有人自造木筏过河,但时常因为水流湍急而翻"船"落水,每年都有人因渡河不幸遇难。

1877年,清朝光绪年间,万作柱为了逃难,带着一家老小背井离乡,漂泊到大沙河村。村里人看万家没有田地,生活十分窘迫,就送给万作柱几亩田地,让他能够养活家人。为报邻里之恩,有渡船经验的万作柱卖了家里的猪,打造了一条小木船,为村民们义务摆渡,并许下承诺:不向村民收取一文钱。就这样,万作柱每天载着村民在大沙河两岸来来去去,一划就是整整四十年。大沙河村再也没有人因渡河而遇难。万作柱的船既方便了村民,又保障了大家的生命安全。

情境再现

老李: 万兄,你在这条河上为村民免费摆渡已有数年,在下实在是佩服。

万作柱: 没啥。

老李: 万兄,昨日见一孩子替你摆渡,那孩子是你的儿子吧?

万作柱: 对啊,就是我儿子。

老李: 我见那孩子衣着单薄,来,拿些银两给他买件厚点的衣服。

万作柱: 老李,我……

老李: 不必客气,不就是一件衣服嘛,拿着。

万作柱: 老李,这钱我不能要。当初,我逃难逃到咱们村,是乡亲们收留了我,还把村里的土地分给我,让我能有口饭吃,我怎么能要你们的钱呢?

老李: 万兄,知恩图报理所当然,但这件事情已经过去很多年了,我看还是算了吧。

万作柱：不，帮村民们摆渡，这是我对乡亲们的承诺，我得记着这个承诺。

老李：好！那万兄打算再划多久？

（万作柱做出"1"的手势）

老李：一年？

（万作柱摇头）

老李：十年？

（万作柱摇头）

老李：那你这是？

万作柱：一直划，划一辈子。

  万作柱这一划，从清朝划到了辛亥革命之后。后来他岁数大了，没办法再划船了。当村民们琢磨着让各家各户轮流去做摆渡人的时候，万作柱的大儿子万述材划着船出现在了河面上。万述材这一划，又是四十年。临去世前，他将儿孙们叫到床前，对他们说："义务摆渡是我们家对乡亲们的承诺，希望你们把这份承诺坚守下去。"万述材去世后，他的弟弟二话没说，又在大沙河边划起了船，直到病死在渡口旁。

  20世纪90年代，村里很多人都外出打工，坐船的人也越来越少。但万家第三代摆渡人万其珍仍然守在渡口，为村民们义务摆渡。许多人都劝万其珍，已经一百多年了，村民们对万家的恩，万家早就报完了，就别义务摆渡了，但是万其珍不愿意。他说："不管日子怎么变，万家的承诺不能变，这船，我要一直划下去。"

万其珍把低矮、潮湿的渡口小屋当成自己的家，每天晚上在小屋内守夜，以方便夜渡的村民。村民渡河时间不固定，无论是白天，还是深更半夜，只要有人喊"老万，过河"，万其珍就会摆渡，哪怕一次只有一个人。村民的唤船声和万家的划桨声是小河两岸每天最为清晰的声响。

情境再现

小李：小小万，过河！

万其珍：来啦！

小李：小小万，要说你这船划得真不赖，不比你爸差。

万其珍：我比我爸差远了，他在这艘船上划了几十年，我这才几年啊。

小李：要说你们家还真行，从你爷爷那辈开始为村民们免费摆渡，一分钱都不要，到今天已经一百多年了。

万其珍：没啥。你们家从你爷爷那辈开始坐船过这条河，一分钱不给，也一百多年了吧！

小李：我跟你说，可不是我不给钱，是给你钱你不要。小小万，跟你说点正事。

万其珍：你说吧。

小李：我以后可能没什么机会再坐你们家的船了。

万其珍：为什么呀？

小李：我今天进城，进了城就不回来了。

万其珍：不回来了？挺好，城里发展机会多，好事！

小李：不是，我是想问问你，能不能跟我一起进城，别再划船了，行吗？

万其珍：我……我就不去了。

小李：你再好好想想，城里现在发展得多好啊！年轻人都进城了，要么打工，要么做买卖，人家挣的都是大钱。你再看看你们家，来回这么划，划了几代人了，还都是免费的。

万其珍：我得划！帮村民们渡河，这是我们家的承诺。

小李：承诺，承诺，又是承诺。你自己数数，村里还有几户人？

万其珍：就算只剩下一户，我也得划下去。

小李：行，划吧，划吧！那你到底要划多久？

（万其珍做出"1"的手势）

小李：你是不是又要说一直划？

万其珍：对，一直划，划一辈子！

中国故事扫码看

为一次善举，许一份承诺，万家人用信义在大沙河的两岸间架起了一座桥梁，他们世代以桨为笔，书写着这段关于承诺的诗篇。

讲述非凡故事

1995年，50多岁的万其珍从他叔叔手中接过了渡船的竹篙，成为万家第三代义务摆渡人。在随后的20多年里，万其珍每天都在渡口接送来来往往的村民，续写着万家的承诺。

淡泊名利，清贫度日

万其珍家的生活并不富裕，在全村属于中等偏下水平。虽然日子过得清苦，但万家几代人不计报酬、淡泊名利的故事却广为传颂。

几代万家人的主要生活来源是渡口旁边被称为"义田"的几亩山地。土地承包到户后，"义田"被划归船工，不交提留款和农业税，免去的税费作为给船工的变相补贴。2004年，国家免征农业税费，万其珍仅有的这点变相补贴实际上就没有了。考虑到万家生活困难，20世纪80年代，县里给万其珍每个月发60元补助，90年代涨到每个月80元。后来，恩施州政府了解到万家百年义渡的事迹后，从2007年起把补助提高到每月540元。从此，万家的日子也稍稍好过了些。

万其珍家的住房是其父亲留下的3间木房。自从他摆渡以后，家务事、农活基本上都由老伴操持，农忙季节，栽秧除草，则由远在外地打工的儿子寄钱回来请人完成。

万其珍的家在半山腰，从家里到渡口单程约2.5公里。起初，为方便村民过河，他在河堤上搭建了一间十平方米的茅草屋作为休憩之所。后来村里人觉得他撑船很辛苦，就自发组织起来给他修建了一间十多平方米的简易石屋。从此，万其珍便把这间低矮、潮湿的小石屋当成自己的家。每天吃完晚饭后，万其珍都会回到小石屋守夜，以方便需要夜渡的人。

多年前，建始县交通管理部门允许县内渡口每次收取3～5元的摆渡费。一些看到"商机"的人把这个消息告诉了万家父子，并按客流量给他们算了一笔账：即使每人每次只收取1元摆渡费，一个来回大概有10人，每天约

30个来回，每月至少有近万元的收入。听了这条"生财之道"后，万作柱坚定地说："为村民义务摆渡，是我们历代万家人的承诺，绝不能因为要赚钱就把家风破坏了！"

尽管万家人的生活过得有些拮据，但万其珍却十分乐观。他经常在摆渡时唱自己擅长的"五句子""推船歌"，歌声回荡在大沙河两山之间，给过往行人和村民带来了不少欢笑。

执着追求，梦想成真[1]

岁月的沧桑可以改变一个人的容颜，却改变不了一个人的信仰。万其珍就是这样一个人。

20世纪60年代，"四清运动"工作队来到大沙河，见万其珍工作踏实、为人本分，就动员他加入中国共产党。当时，年轻的万其珍既感到好奇，又觉得神圣。从此，信仰的种子开始在万其珍的心里萌芽，加入中国共产党逐渐成为他的梦想。

真正让万其珍坚定信仰的，还是他的幺叔万述荣。万述荣是一名有着多年党龄的老共产党员，也是万家义渡的第二代传人之一。几十年的摆渡生涯，使他赢得了当地百姓的尊重。万述荣的人格魅力，像大沙河常年不息的流水，浸润着万其珍的心灵。万其珍想，自己也要像幺叔那样成为一名共产党员，多为乡邻做好事、办实事，赢得大家的敬重。

然而，家庭变故，岁月蹉跎，让他的梦想几经周折。万其珍膝下有四个子女，妻子谭大桂在子女尚未成年时患上疾病。"那时，上有两个老人要赡养，下有四个儿女要抚养，生活负担十分沉重，整天疲于奔命。"回首往事，万其珍有些心酸。

随着两位老人相继离世，四个孩子渐渐长大，特别是从叔叔手中接过义渡的"接力棒"后，万其珍埋藏在心底的信仰再次萌动，曾经的梦想又一次

---

[1] 改编自：安家友，向继武，何振丽.跨越半个世纪的梦想[N].恩施日报，2010-12-11（001）.

万其珍参加党组织活动

焕发出勃勃生机。

晚上一个人守着孤寂的渡口，万其珍除了想些家事，还想着怎样入党。由于缺少文化，写入党申请书成了一件难事，也成为他心头的隐痛。

2003年，他试着递交了第一份入党申请书。两年后，他又交了一份。2006年，万其珍正式成为一名共产党员。这一年，他65岁。

如今，在大沙河村的所有共产党员中，万其珍是年龄第二大的。村党支部每年都要召开三四次党员大会，万其珍为自己能够在晚年参加党组织活动而自豪。

"多年的梦想终于实现，您有什么想法？"有人问他。

"今后更要为乡亲们搞好服务，尽到一个党员的责任和义务。"万其珍的脸上洋溢着朴实的笑容，笑得那样灿烂，仿佛摆渡的疲惫早已烟消云散。

世代传承，续写传奇

万其珍的大儿子万芳权，从小就看着父亲在大沙河上为村民们义务摆渡，有时也会帮父亲撑一两次船。

十几年前，万其珍因意外摔伤导致骨折，有两个月无法下地，也没办法按时给村民摆渡。当时万芳权正在外面打工，和单位签了两年合同，不能毁约，这边渡口又不能不管。万芳权就和妻子商量，每个月花800元雇人替父亲划船，就这样过了一段时间。由于年事过高，腰也落下了病，万其珍已不能再撑船，于是万芳权毅然放弃在县城发展的机会，回到村里接过了父亲的船桨。

大沙河附近山高涧深，汛季河水湍急。有一年夏季，雨水特别多，水面不断上涨。万芳权和父亲为了保证船不被冲走，在岸边守了两天两夜没合眼，看到意外情况就得使劲把船拽回岸边，以免船被水流冲走。当时情况很危险，因为他们随时都有可能被上涨的洪水卷走。

如今，万家人的义务摆渡已坚持了一百多年。万芳权说，等到自己年纪大没力气了，就让儿子继续摆渡，让信义永远传承。

目前，万芳权的儿子万秋林从事的是汽车美容工作。他说："如果有一天我父亲不能划船了，我会成为第五代摆渡人！如果有人问我会划多久，我会告诉他：一直划，划一辈子！"

感悟非凡故事

仁、义、礼、智、信，这些中华民族的传统美德最生动真实地呈现在万家人身上。"一直划，划一辈子"，这是历代万家人不悔的承诺。

冬去春来，夏逝秋至，万家一代代人接过船桨，坚持义渡，木船变成了铁船，篙杆变成了船桨，不变的是万家人对"信义"的坚守。诚信是中华民族的优良美德，荆楚大地不仅是诚信文化的发源地，更是诚信文化的传承地和弘扬地。

一句承诺，一生无悔。万家人以桨为笔，书写"义渡"人生，用实际行动诠释了"信义"二字的深刻内涵。

周国仁

周国仁，彝族，1980年出生，云南省楚雄自治州南华县人。2006年，被成都军区评为"中国人民解放军士官优秀人才奖"三等奖。2011年，被林芝地委、林芝行署授予"感动林芝地区人物"荣誉称号。2012年，被评为第三届西藏自治区助人为乐道德模范；被军区表彰为"学雷锋标兵"，荣立三等功4次。2014年，被四总部评为"全军士官优秀人才奖一等奖"，年底荣立二等功一次。2015年，荣获西藏自治区"青年五四奖章"，并被自治区评为"十佳优秀少先队课外辅导员"，随后荣获全国"十佳优秀少先队课外辅导员"称号。2016年，被旅游卫视完美公益栏目评为"最美善行者"。截至2018年12月，他坚持在墨脱县背崩乡小学支教18年，累计培育学生1 832人，其中考入大学的学生180多人。

从戎西藏 扎根墨脱

——心怀大爱，执着坚守，墨脱老兵『永不退役』

　　教育的本质意味着一棵树摇动另一棵树，一朵云推动另一朵云，一个灵魂唤醒另一个灵魂。二十年从戎西藏，十八年支教墨脱，周国仁成了墨脱最老的兵，也成为墨脱人民心中的一束光。因为周国仁，越来越多的孩子走出大山，看到了更大的世界；也因为周国仁，越来越多的孩子重回墨脱，建设家乡。

中国故事扫码听

走进非凡故事

"谁是我们最可爱的人呢？我们的战士，我感到他们是最可爱的人。"

大家还记得这句话出自哪里吗？这是我国当代诗人、散文作家、小说家魏巍创作的《谁是最可爱的人》中的一句话。1951年4月11日，《人民日报》刊登的《谁是最可爱的人》在全国引起广泛影响。从此之后，解放军被人们亲切地称为"最可爱的人"。下面就是一名普通解放军战士的故事，他的名字叫周国仁。

1998年12月，周国仁入伍，成为墨脱戍边模范营的一名战士，先后担任过文书、军械保管员、卫生员、水电工、营部管理员。从2000年开始，他义务支教墨脱县背崩乡希望小学，将巡逻执勤之余的时间和精力全部投入教学工作中，并自己编写了适合门巴族小学生的双语教材。因为墨脱县背崩乡小学的教学需要，他多次推迟结婚和退伍，选择留在墨脱县。

讲述非凡故事

墨脱是我国最后通公路的一个县，四周雪山环绕，风景优美，四季如画，但是地震、雪崩、泥石流、塌方时有发生。一条117公里的公路，修了50年，国家花了16亿，终于在2013年修通了，从此墨脱告别了人背马驮的历史。

墨脱通公路之前，人们到外面一趟要爬四五天的山，一旦电话坏了就无法修复，只有等到来年大雪融化的时候才能检修，一断可能就是几个月，甚至一年。

交通不便，通信不便，极端的环境，使很多老师不愿意到墨脱教书，即使来了也不会待太长时间，所以很多孩子不得不辍学。

1998年，18岁的周国仁辞去老家的教师工作来到墨脱，成为一名军人。2000年的一天，入伍一年零九个月的周国仁在站岗时看到，往日总是兴高采烈背着书包去上课的小男孩索朗次仁闷闷不乐地牵着骡马背着猪草往家走。周国仁心里一阵好奇，心想：索朗次仁，一个那么爱读书的孩子，今天怎么旷课了呢？

"锅达[1]，今天放学咋这么早？"周国仁好奇地问。

"老师走了，不要我们了。"索朗次仁低着头说。

望着小索朗失望的神情，周国仁陷入了沉思。

周国仁出生在一个穷苦之家，因为家庭拮据，读完高中后他就当了教师，在当地教书。他深知读书不易，也更加明白读书对于这群孩子的意义。沉思良久后，他做出了一个决定：申请成为课外辅导员，教孩子们文化知识。周国仁的申请很快得到领导批复，就这样，他站在了墨脱的讲台上。

或许，他自己也不曾想到这一站就是18年，也不曾想到让自己的妻子一等就是17年。截至2018年12月，周国仁教的学生已经有180多人考上大学，走出了墨脱，而他和妻子杨丽琼的两地生活持续了17年。

"老婆，对不起""老公，我等你"

2001年，周国仁回老家探亲时认识了杨丽琼。那是杨丽琼第一次听说墨脱这个地方，也是第一次对一个人产生好感。周国仁假期结束要归队时，杨丽琼鼓足勇气对他说："我等你。"没想到这句话一说就说了整整17年。

情境再现

周国仁： 喂。

杨丽琼： 喂，阿仁，时间过得好快呀，一转眼都2002年了。

周国仁： 是啊！

杨丽琼： 还记得你转一期士官的时候跟我说，让我等你呢。

周国仁： 是啊！

---

1 门巴语，意思是"孩子"。

杨丽琼：你一期士官是不是该到期了？

周国仁：是啊！

杨丽琼：别老是啊是啊的，就不会说点别的啦？

周国仁：我……

杨丽琼：算了算了，你是不是该从墨脱退伍回来了？

周国仁：是吧……

杨丽琼：你说什么？

周国仁：我说……

　　（电话断线）

杨丽琼：喂，喂……关键时候又断线了。

周国仁：我说，我想在墨脱再干三年，对不起……

杨丽琼：我等你。

　　墨脱位于我国西藏东南部，隶属西藏自治区林芝市，地处雅鲁藏布江下游，喜马拉雅东段与岗日嘎布山脉的南坡，被誉为"地球上的最后秘境"。镇上四季常青，但却被雪山封闭环绕，每年也只有白雪融化的时候，人们才有机会进出。当大雪封山时，通信线路一旦被雪压断，电话就无法接通，这个小镇便与世隔绝了。

　　2007年，周国仁的三期士官即将到期。在电话里，他给杨丽琼唱了一首《墨脱情》："林芝有两条小路呀望不到头，我站在岔路口伫立了好久。一个人没法同时踏上两条征途，而我选择了这一条墨脱的小路……"

听到这首歌，杨丽琼明白这一次自己又等不到了。面对周国仁的"对不起"，早已到了谈婚论嫁年龄的杨丽琼迟疑了，自己还要等下去吗？犹豫中，她挂断了电话，却不曾想这次挂断电话之后，由于通信线路被大雪压断，整整一年，两人始终联系不上……

情境再现

杨丽琼： 喂，阿仁，你的三期士官是不是该到期了？

周国仁： 是啊……

杨丽琼： 周国仁！你再这样是啊是啊的，不用等断线，我马上挂电话……

周国仁： 丽琼，这边的小孩教会我一首歌，我唱给你听吧？

杨丽琼： 唱。

周国仁： 林芝有两条小路呀望不到头，我站在岔路口伫立了好久。一个人没法同时踏上两条征途，而我选择了这一条墨脱的小路……

杨丽琼： 停，人生有两条路，而你选择了那一条墨脱的小路，你是不是想告诉我，你这次又不退伍回家了是吧？

周国仁： ……是啊……

（杨丽琼挂断电话）

周国仁： 喂，喂？对不起……对不起……

杨丽琼： 我……还等你吗？

……

中国故事扫码看

半个月过去了，电话一直没有通；一个月过去了，电话还没有通；三个月了，电话仍然没有通；半年了，电话还没有通；八个月了……丽琼，你还在等我吗？一年过去了……阿仁，你还活着吗？

2008年初，电话终于通了！周国仁说："我决定留在墨脱，你愿意来墨脱嫁给我吗？"经历了一年的煎熬和八年的等待，杨丽琼看到这个男人身上

白雪融化后周国仁和杨丽琼见面

的担当,值得托付终身。

苦等了一年的这次通话,让这对有情人终成眷属。2008年的春天,杨丽琼来到墨脱的雪山外,等到了白雪融化;2008年的春天,周国仁一路狂奔,跑出了大山,在雪山下迎娶了他的新娘。

当杨丽琼看到墨脱的孩子们对丈夫的依赖和家长们对丈夫的信任后,终于理解了周国仁为什么要选择留在墨脱。这一次她没有再劝丈夫离开,而是默默地回到老家,操持着家中的一切。

怀孕期间,杨丽琼曾经给周国仁写过一封信:"假如时光可以倒流,我愿回到懵懂少年,与你朝朝暮暮,出双入对;假如岁月可以重来,我愿回到相见时光,和你花前月下,比翼双飞……国仁,小宝宝在我的肚子里已经能够顽皮地挥舞拳头、踢动小脚了,你在墨脱安心服役吧,我会让她健康出生……"

17年来,他守着墨脱的孩子们,她守着家,即使再辛苦,她也从未后悔过自己的选择。"国仁,你做出的任何决定,我都支持你。墨脱是你的根、你的魂,教好孩子们,我愿夫唱妇随、相伴一生。"这是杨丽琼对周国仁做出的承诺。"我等你,等身穿军装的你,等为国戍边的你,等心里装着所有墨脱孩子的你,等质朴无华却踏实可敬的你。"

"对不起""我等你",是这对夫妻最美的情话。

"依依,对不起""爸爸,我等你"

17年来,杨丽琼和周国仁的通信工具从时断时续的卫星电话,变成了信号通畅的智能手机。不过,视频那头依旧是他的"对不起",而视频这头变成了两个人的"我等你"。

一封家书

亲爱的宝贝：

你七岁了，这次在北京是我们第五次相聚，爸爸见你的时间很短，但是每次见你的时候，对你只有严格、严苛。妈妈说，你一岁的时候，第一次开口说话，叫的是爸爸，我很开心，更多的却是难过。爸爸错过了你的第一次说话，第一次走路，我从没有背你上过幼儿园，也没有送你上过学。爸爸给那么多孩子上课，却从来没有陪你做过作业，可你从小就很懂事，跟你同龄的小宝宝骑在爸爸的脖子上散步时，你会说小朋友自己走路，不准累爸爸。当你摔倒的时候，你会安慰妈妈说："妈妈我不痛，我是军人的孩子。"谢谢你那么懂事，一直替爸爸陪着妈妈，照顾妈妈。

从戎西藏，支教墨脱，教人上千，尚欠妻女。愿我的女儿一生健康、快乐、平安。

爱你的爸爸

这是周国仁写给女儿周子涵的一封信。周子涵从2011年出生到2018年，只见过父亲五次，而且有三次是在墨脱。

小时候上幼儿园，看见别的小朋友都有爸爸送，周子涵总会哭着问妈妈："爸爸究竟在哪儿？为什么从来不接我？"杨丽琼给她的回答总是同一句话："爸爸是个'兵老师'爸爸还要接别的小朋友。"

2013年春天，两岁的周子涵来到墨脱，终于见到了她的"兵老师"爸爸，也见到了他的学生们。周子涵到的时候，周国仁正担任"勇为班"的班主任，负责34名门巴孩子的学习和生活，忙得不可开交。从云南楚雄来到西藏墨脱的周子涵并没有得到爸爸的宠爱，周国仁每天都在教学、批改作业、修改课件、家访的循环一连轴转，很少有时间陪女儿。

年幼的周子涵觉得自己的爸爸被别人"抢"走了。于是为了"抢"回爸爸,她总是哭着闹着要和爸爸去学校。从营区到学校的距离虽然只有一公里,但是路况很差,需要爬坡、涉溪,周子涵只能靠爸爸背着。

带着"抢"回爸爸的决心来到爸爸班上的子涵,却受到了哥哥姐姐们的宠爱。周国仁班上的孩子们开心地喊她"子涵妹妹",给她糖果吃。在放学回家的路上,背子涵回家的任务被六年级的格桑抢去了。

"我在家经常背我阿妹的,子涵也是我妹妹!"格桑高兴地说。

那天晚上,周子涵没有哭闹,反而安安静静地看着爸爸批改作业。或许是墨脱孩子们的热情和温暖让她心甘情愿地将爸爸分享给他们,也或许这一天,年幼的她开始渐渐懂得爸爸留在这里的原因和意义。

再来墨脱时,周子涵已经没有了丝毫醋意,她会带新书包、新文具给这里的孩子。她也不再缠着自己的爸爸,而是跟着村里的孩子们摘果子、跳皮筋、摸鱼……成了半个门巴娃。

周国仁用行动给年幼的周子涵上了最好的一课。责任和担当在她的心中慢慢扎根。

2018年教师节,周子涵给爸爸这个特殊的老师写了一份贺卡:

亲爱的爸爸,我很想你,总怕你不回来。但每次去墨脱,看到哥哥姐姐们都很喜欢爸爸,我就知道爸爸也一定很舍不得他们。我再也不催爸爸回来了,我会陪妈妈一起等着你。教师节到了,祝我的"兵老师"爸爸节日快乐!

爱你的女儿

"那边的小朋友需要爸爸,你也需要爸爸,怎么办呢?"现在,听到这个问题的周子涵已经不再想着把爸爸"抢"回来了。她会回答说:"墨脱的小朋友比我更需要爸爸,我借给他们用用。"听到女儿懂事的回答,周国仁这个铁骨铮铮的汉子落泪了。

"依依,对不起。"面对爸爸的道歉,周子涵的回答就像当初的妈妈一样,她对爸爸说:"我等你。"

"对不起""我等你",是这对父女之间最大的理解。

"老师,我们等你""放心,我会回来"

从戎西藏,支教墨脱,教人上千,尚欠妻女。

"尚欠妻女"是周国仁一生的遗憾,但是他还是选择了扎根墨脱。因为他知道,墨脱的孩子更需要自己。

2000年,周国仁第一次站上墨脱的讲台。上课的前一天,他做了充足的准备,精心设计了多种教学方法,也组织了一些教学活动。然而第二天,任凭周国仁使出浑身解数,孩子们都只是迷茫地看着他。课后,周国仁才明白自己忽略了一个大问题:门巴娃们听不懂汉语,而周国仁也不懂门巴语。

为了让孩子们能听懂自己讲课,周国仁开始学习门巴语。但是门巴语没有文字,仅靠口口相传,这给他带来了巨大的困难。周国仁想了一个办法——用汉语拼音音译。他用汉语拼音一句一句地为门巴语注音,记录了十多万字的翻译对照笔记,几乎手写了一本"门汉双语词典"。边学边记边用,仅仅三个月,周国仁就掌握了这门古老而生僻的少数民族语言,消除了与学生交流的障碍。

正在上课的周国仁

不过,自己和学生的沟通障碍虽然解决了,但是教材又成了大问题。因为没有门巴语教材,学生学习起来十分吃力。于是,周国仁自费购买了一套一至六年级的辅导资料,和学校老师一起对照着编写了双语教材。

没有教材,就自己编写;没有粉笔,就用木材烧炭;没有桌椅,就上山砍树制作。物质上的困难,周国仁都通过努力一一解决了。有条件要教,没有条件创造条件也要教,因为他知道,教育是一个民族兴旺发展的源泉。

但并不是所有人都像周国仁一样明白教育的意义。本该上四年级的平措,因为家长坚持要让孩子早挣钱而辍学,所以他只能跟着父亲赶骡马运物资挣钱。在墨脱,像平措这样的孩子不止一个。因为对教育不够重视,墨脱适龄儿童的入学率一直比较低。

面对这样的情况,周国仁翻山越岭进行宣传和劝说。一次不行就两次,两次不行就三次。有一次在宣传途中,周国仁发现村民罗布的妻子措姆患了急性阑尾炎却不找医生救治,反而找人做法事驱鬼,同时让本该上学的儿子也跟着学习巫术,看着措姆疼得满地打滚,周国仁立刻联系医生救了措姆一命。这件事在门巴村产生了很大影响,村民们终于明白,只有让孩子学习科学文化知识,才能帮助更多的人。

周国仁的付出,墨脱村民和孩子们都记在心上。周国仁曾五次面临调任和退伍,600多名学生家长四次联名写信给西藏林芝军区,只为留住这位"兵老师"。周国仁的学生回忆说,每次周国仁休假,都会有家长跑到营区问周老师去哪儿了,他还会回来吗。被问的次数多了,营区只好在门口贴一张公告,上面写着:"周国仁只是暂时休假了,他还会回来的。"

"周老师,我们等你。"这是墨脱孩子们对周国仁的思念和等待。面对墨脱孩子们的"我等你",周国仁没有说过一次"对不起",他总是告诉他们:"我过几天就回来了,你们好好学习,放心。"

"我等你""我很快就回来",这是他们师生之间最大的承诺。

在周国仁的影响下,背崩乡的孩子们明白了读书是为了能走出去,更明白了读书是为了走出去再回来建设家乡。如今,周国仁的学生分布在墨脱县的各行各业。

好好学习,建设墨脱。周国仁用一言一行将这样的种子播撒在孩子们心底。18年间,周国仁从未食言,每一次都按时回到墨脱。18年后,更多的"周老师"也逐渐回到了墨脱。

感悟非凡故事

周国仁，一名平凡的中国军人，一名平凡的中国教师，却做着不平凡的事。铁打的营盘，流水的兵，或许有一天，周国仁终究会离开墨脱，但他如同最初的火种，点燃了墨脱的希望。

墨脱在藏语里的意思是"隐秘的莲花"，驻扎墨脱20年的周国仁，等待周国仁17年的杨丽琼，把自己的爸爸借给墨脱孩子们的周子涵，重回家乡的门巴娃们，他们就像这隐秘的莲花一样，静静地绽放。

兵龄二十，教龄十八。这个"永不退役"的墨脱老兵保家卫国、传播文化，把自己的青春全都献给了墨脱。这是一个人对自己岗位、对自己国家的责任担当。

张亮友（左）和尚殿娥（右）

　　张亮友，1927年出生，12岁参加工作。为响应毛主席提出的"发展体育运动，增强人民体质"的号召，他在工作之余喜欢上了跑步，开始了自己的跑步生涯。在1957年我国举办的第一次马拉松测试赛中，张亮友获得冠军，并创造了中国第一个马拉松纪录。截至2018年底，他总共奔跑了约323 640公里，被称为"中国马拉松第一人"。

　　尚殿娥，1933年出生，张亮友的妻子，也是一位马拉松爱好者。

为爱奔跑 生命不息
——耄耋夫妻情满赛道,诠释最长情的告白

你以为奔跑只属于90后,你以为浪漫只属于90后,可是,你或许不知道,有一位最牛"90后",从青葱少年一直跑到满头银发。他和他的妻子一起跑过了大半辈子的光阴,跑过了梦想的一生,跑出了中国人对美好生活的信念与坚守。

中国故事扫码听

走进非凡故事

年轻时的张亮友

生活中总有一种激情,无关年纪。在我国安徽省,有一位马拉松爱好者,如今90多岁高龄仍在坚持跑步。他的一生曾经为自己而跑,为证明中国人不是"东亚病夫"而跑,为爱情而跑,为鼓励年轻人而跑……老爷子说,他还有一个中国梦:"我的梦就是继续跑下去,把运动的快乐、运动的意义传播给更多的人。"这位老爷子就是张亮友,他用自己的实际行动向我们最真实地诠释了什么是马拉松精神。

20世纪30年代,别人坐着马车去县城,他跑着去。有人问他:"小朋友,你为什么跑步啊?"

12岁的张亮友说:"因为有人说我们是'东亚病夫',我不要做'东亚病夫',我得跑起来,强身健体,去掉这个羞辱的名字!看见没?天上有片云,追上它!"

1949年,中华人民共和国成立,张亮友成为一名煤矿工人,别人骑自行车上班,他跑着去。

有人问他:"大哥,你为什么跑步啊?"

22岁的张亮友说:"因为解放了,中国人民站起来了,所以全民都要增强身体素质。我不光要自己跑,我还要给贺龙元帅写信,建议他举办全国马拉松比赛,咱中国人就得跑起来。看见没?天上有片云,追上它!"

1957年,没有专业的学校,没有专业的老师,也没有同路的伙伴,张亮友踏上了奔跑之路。那时候的他坚持每天跑步50多公里,风雨无阻。同年12月中旬,安徽省肥东县举办了我国第一次马拉松测试赛。张亮友获得冠军,并创造了中国第一个马拉松纪录——2小时52分34秒6。在奔跑中张亮友度过了自己的前半生。

讲述非凡故事

公元前490年，希腊军队在马拉松平原击退入侵的波斯军队。为了让家乡人民尽快知道胜利的喜讯，统帅米勒狄派一名叫菲迪皮茨（Phidippides）的士兵回去报信。菲迪皮茨是有名的"飞毛腿"，为了把胜利的喜讯尽快传到家乡，他竭尽全力，从马拉松一直跑到雅典城（两地相距约42公里）。当他上气不接下气地喊出"欢乐吧，雅典人，我们……胜利了"之后，因体力衰竭倒地而亡。

为了纪念这一事件，1896年举行首届奥运会时，顾拜旦[1]采纳了历史学家米歇尔·布雷尔以这一史事设立"马拉松"比赛项目的建议，并把当年菲迪皮茨送信跑的里程作为赛跑的距离。从此，马拉松成为一项充满爱国主义情怀和向勇敢与生命致敬的运动。

目前，正规的马拉松比赛全程为42.195公里，想完成它并不容易，所以马拉松运动彰显的是挑战自我、永不放弃的体育精神。人生就像一场马拉松赛，不在于开始跑得多快，也不在于中途某段跑得多慢，关键在于你有没有坚定的信念一直跑下去。

为中华之独立自由而奔跑

日本侵略中国时，12岁就参加工作的张亮友和他的工友们受尽了磨难，吃尽了苦头。不愿做亡国奴的张亮友发誓，要用奔跑把"东亚病夫"的帽子摘掉，以奔跑为中国正名。从此，坚持跑步成了他心中一种特殊的"爱国运动"。就这样，在旧社会，他为解放、为生命的独立自由而奔跑。

中华人民共和国成立后，张亮友与新中国一起向着美好光明的新生活而继续前行。25岁时，他跑得并不快。1952年淮南市运动会，张亮友报名

---

1 皮埃尔·德·顾拜旦（1863—1937），法国著名教育家、国际体育活动家和历史学家，现代奥林匹克运动的发起人。1896—1925年，他曾任国际奥林匹克委员会主席，并设计了奥运会会徽和会旗。由于他对奥林匹克运动的不朽功绩，被誉为"奥林匹克之父"。

参加 10 000 米跑。其他人都跑完了，他还剩 3 圈。大家都起哄嘲笑他，笑话他快落人家一条街了，劝他别跑了。但是他并没有理会，硬是咬牙坚持跑完了全程。赛后，在场的淮南市市长鼓励他不要放弃，夸他精神可嘉，让他坚持锻炼。

张亮友说："虽被嘲笑，但从那以后，我就天天在马路上跑。有一回市长坐车经过，看到我在跑步，还停车下来鼓励我。1953 年 5 月，淮南市再举办运动会时，我就获得了 10 000 米第二名。"

努力，是奇迹的另一个名字。

1955 年，28 岁的张亮友去上海参加全民运动会，以 33 分的成绩获得男子 10 000 米冠军。比赛结束后，张亮友花 5 分钱买了一本书《马拉松》。识字不多的张亮友让身边的朋友、徒弟逐字逐句地读给他听，那些文字如同优美的音符一样，飘进了张亮友的心灵深处，并在日后逐渐生根发芽。这本被张亮友喻为跑步界的"武林秘籍"的书，不仅教他掌握了跑步技术，学会了如何用科学的方法练长跑、练马拉松，也让他认识了马拉松这项运动的伟大意义和价值。在那个年代，生活非常艰难，国内还没有马拉松这样的大型赛事。尽管如此，张亮友仍一直坚持每天跑步。

为了督促自己坚持跑下去，张亮友想到一个办法："当时大家都爱吃豆芽，我们住的地方卖豆芽的很少，还很贵。寿县的豆芽好，卖得也便宜，从家里到寿县，来回的路程正好差不多 50 公里，所以我就每天跑步去寿县帮邻居买豆芽，今天帮这两家买，明天帮那两家买，每天买六七斤豆芽，再背着跑回来。答应好了邻居的事，就不能不去，一直坚持买了两年多，直到后来改变跑步路线，不再去寿县。"刻苦的训练加上坚定的信念，张亮友的跑步水平提升很快，进步很大。

为中华之崛起而奔跑

马拉松不仅锻炼了张亮友的体魄，也让他多了一些思考。1956 年，29 岁的张亮友三次写信给当时的国家体育运动委员会主任贺龙元帅，希望能在

马拉松比赛中的张亮友

张亮友获得的奖状

中国发展马拉松运动,举办马拉松比赛。

他在信中写道:"解放前外国人说我们是'东亚病夫',现在解放了,外国人能做到的事,中国人也一样能做到!"

贺龙元帅得知此事后,非常感动,不仅表扬了张亮友,还决定1957年在安徽省肥东县举行中国第一次马拉松测试赛。

1957年,中国第一个马拉松赛事在安徽省肥东县成功举办,开创了中国马拉松运动的先河。比赛那天刮大风,参赛选手不得不逆风奔跑。当时比赛道路很糟糕,石头路坑坑洼洼,风沙扑面,人一不小心就会吃一嘴沙子。但就是在这样恶劣的环境中,30岁的张亮友创造了中国的第一个马拉松纪录,成为新中国马拉松运动的"启跑者"和马拉松扎根中国的重要促成者,为后来我国马拉松事业的发展奠定了基础。张亮友跑出的成绩也被国家体育运动委员会确定为中国马拉松赛的第一个最好成绩,并被载入档案。

为爱人之健康而奔跑

在奔跑中,张亮友度过了自己的前半生。终于有一天,他不再是自己一个人跑了。1978年,张亮友开始与夫人尚殿娥携手奔跑。

尚殿娥患有哮喘病,为了使妻子摆脱病痛的折磨,张亮友开始采取措施,督促妻子加入他的长跑队伍,这一跑就是三十多年。冬天出门时,锁被冻住,他们就用打火机把锁烤热后再打开。有一段500米长的路没有路灯,

张亮友与尚殿娥携手跑步

他们就拿着手电筒，一路聊天一路热身。张亮友还有一个专门用来记录每天跑步情况的本子，按日期排列下来，里程、时长，标记得清清楚楚。"刚和老伴一起长跑那会儿，经常被他甩在后面，后来我也能追上了。"尚殿娥在向大家分享跑步的喜悦时说道。

在与张亮友携手跑了6年后，尚殿娥的哮喘病竟然完全康复了，还在北京国际马拉松邀请赛上拿到了老年组10 000米冠军。

他91岁，她86岁，他们是为爱奔跑的"90后"和"80后"。他们跑步的号码牌都是"1314"。他们携手跑过了34年的岁月，总路程超过50万公里。他们是为爱奔跑一生的马拉松冠军。

情境再现

尚殿娥：老头子，你今年都快92岁了，每天就别跑这么长了。

张亮友：老婆子，你每天都跑20来公里，凭什么让我少跑啊！

尚殿娥：我比你年轻啊，今年才86岁。

张亮友：那我还是个男人吗，比你这个妇女跑得少，传出去让人家笑话。

尚殿娥：妇女怎么了，妇女能顶半边天。别说没用的了，以后听我的，每天最多跑13公里。

张亮友：不行，20公里。

尚殿娥：13公里。

　　　　……

张亮友：有个全程马拉松赛，我们一起参加吧！

尚殿娥：你这个糟老头，全马你就别瞎掺和喽。

张亮友：那我跑20公里中马。

尚殿娥： 中马也长，跑13公里短马吧。

张亮友： 短马太短，中马吧。

尚殿娥： 短马。

张亮友： 中马。

尚殿娥： 短马。

张亮友： 二维码。

尚殿娥： 二维码是啥意思？

张亮友： 我要建个群，让大家扫码加入，都跑起来。

周笔畅： 爷爷，您为什么要一直坚持跑步啊？

张亮友： 我要把马拉松精神传承下去，感染更多青年和少年，让大家都跑起来。

周笔畅： 爷爷，奶奶，加我一个！

张亮友： 好！

尚殿娥： 少年强则中国强，让我们的中国梦展翅翱翔！

张亮友： 孩子们，朝着天边那片云跑起来，三、二、一，追上它！

中国故事扫码看

2014年，87岁的张亮友和82岁的尚殿娥用时7小时57分30秒，携手跑完42.195公里，成为全世界跑完全程马拉松年龄最大的夫妻二人组。

为精神之传递而奔跑

明知桑榆晚，偏恋夕阳红。都说陪伴是最长情的告白，这对九旬伉俪没有轰轰烈烈的誓言，对他们而言，携手奔跑就是最浪漫的守护。

在他们跑完中国郑开国际马拉松赛以后，原本一直支持他们跑步的家人和朋友不赞成他们再参加比赛。"我们知道二老爱跑步，但毕竟年纪大了，一旦出问题就很危险，我们以后还是支持他们出去玩、出去看比赛，在外面心情舒畅，肯定比闷在家里好，但我们都不想让他们再亲自去跑马拉松了。"张亮友的二儿子十分担心，他希望老两口能改变凌晨3点多钟晨跑的习惯。"天那么黑，万一不小心摔着怎么办，路上连个能帮忙的人都没有，可是老头子太倔强，说了也没用，只能由他们去。"

张亮友和尚殿娥显然有自己的打算。"我们到了这个年纪，比赛早就不重要了，就是为了挑战一下自己，也给其他人树立个榜样。"张亮友说。

老两口总是穿着情侣装，佩戴着"1314"的号码牌，寓意着两个人的人生目标：要跑着过完一生，要爱着活过一世。

张亮友不仅带着老伴跑，还经常督促儿子跑起来。他说现在的年轻人加班、熬夜把身体都掏空了，太缺乏体育锻炼，于是便开始动员身边的小年轻一起参加马拉松。他想用自己的亲身经历告诉更多年轻人：生命在于运动，永远不要停下来！

即使跑了这么多年，张亮友依然表示："以后，我还会和老伴儿一起跑下去，直到心脏停止跳动的那一刻！我们两个会一起奔跑下去，要跑一百年，跟中国一起奔跑，跑出我们的百年中国梦！"尚殿娥说："一开始是热爱跑步，但是没想到这一跑就跑了一辈子。刚开始的时候坚持下来真的很难，坚持了一段时间后，就感觉到跑步带给了自己无限的乐趣。我虽然快90岁了，但这么多年来，没去医院吊过水，没生过什么大病，感冒发烧也很少。我年纪这么大，还在坚持跑步，就是希望让更多的人看到一种坚持到底的马拉松精神。"

如今，90多岁高龄的张亮友已经无法总是在马拉松的赛道上奔跑，但他用自己的技艺和对马拉松的热爱激励着更多的年轻人参加马拉松运动。

感悟非凡故事

"看！天上有片云，追上它！"这句口号让老爷子充满干劲。生命就像马拉松，重要的不是你出发时的速度，而是你是否达到自己的目标。

两位老人给我们留下的绝不仅仅是体育意义上的坚持和拼搏，还有面对人生的积极态度。所以，从现在开始，我们一起跟随他们的步伐，勇敢、积极、乐观地面对人生的每一次挑战，在有限的生命里做更多的事情，哪怕只是一件小事，也要做好它。

徐泽峰（右）和徐佳淇（左）

　　徐泽峰，1964年出生，河南省鹤壁市淇县油城小学的最后一名老师。多年来，油城小学只有一位教师和一名学生，被称为"最孤独的小学"。1982年，徐泽峰从淇县四中毕业后，就到这所学校任教，一待就是36年。三十多年来，他为这座小山村的孩子们送去了知识和光明，培养出了20多个大学生。

　　徐佳淇，2008年出生，徐泽峰在油城小学教的最后一名学生。

一师一生 执着坚守
——这里只有一个学生,但爱与陪伴从未缺席

校园,对我们意味着什么呢?是同桌的你,是前排女生的马尾辫,是操场嬉笑玩闹的小伙伴,还是一段承载着友情、成长的珍贵青春?在太行山深处有一所小学,里面有空荡荡的教学楼,有从来站不满的大操场,有从来不用排队的食堂……这里只有一位老师和一个学生,虽然比印象中的校园冷清了一些,但这里的上课铃声总伴随着日出响起。

中国故事扫码听

走进非凡故事

年岁越增长，就越爱回忆，特别是那些美好的校园时光，隔壁同桌的橡皮，漂亮的音乐老师，严肃的教导主任……说起这些大家都会有共鸣，但在这个故事里，这些都没有，因为这所学校只有一位老师和一个学生。

在河南省鹤壁市淇县太行山深处，有一个被群山环绕的油城村。村东北头有一处让全村人敬仰的地方——油城小学。这里每个周一都会举行雷打不动的升旗仪式，唯一的老师徐泽峰，唯一的学生徐佳淇，会将五星红旗迎风升起。这是村里唯一的小学，也是附近6个自然村仅剩的一所小学。

2018年2月2日，伴随着徐泽峰的一声"下课"，油城小学的最后一堂课结束了。这是唯一的学生，12岁的徐佳淇在这里的最后一堂课，也是徐泽峰老师在这里上的最后一堂课。油城村唯一的小学送走了最后一个学生，正式关闭。

升旗仪式

讲述非凡故事

油城小学是一座两层白色建筑，一共8间屋子。它是附近6个自然村唯一的一所乡村小学。徐泽峰是油城小学唯一的老师。1982年6月，年仅18岁的徐泽峰高中一毕业就来到油城小学任教，在三尺讲台上一站就是36个春夏秋冬。

情境再现

老师： 上课！

学生： 起立，老师好！

老师： 同学好！请坐，下面咱们开始点名，徐佳淇。

学生： 到！

老师： 很好，老师非常欣慰，今天没有一个同学迟到，咱们下面来抽查一下昨天的古诗背诵。徐佳淇！

学生： 到！徐老师，我问您一个问题。就我一个学生，这还叫抽查吗？

老师： 当然是抽查了，只不过抽到你的概率是百分之一百而已。现在是语文课，咱们不讨论这个。等下午第三节数学课的时候，老师再好好给你说道说道。先背古诗，杜甫的《绝句》，两个黄鹂……

学生： 两个黄鹂，两个黄鹂……跑得快，跑得快，一只没有眼睛，一只没有尾巴，真奇怪，真奇怪。

老师： 打住、打住，那是黄鹂吗？合着武松上景阳冈是去遛鸟了呗？我跟你说，老虎！跑得快的那是老虎。背！

学生： 两个老虎鸣翠柳……

老师： 哎呀，佳淇啊，合着你家的老虎叫得还怪好听，是吗？这像话吗？我说佳淇啊，你是不是因为上次语文考试考了咱班第一名，你就骄傲啦，膨胀啦？我跟你说，你可别忘了，你也是咱们班的倒数第一名。虽然你的成绩很稳定，你的排名也很稳定，但是毕竟八年以后你就要参加高考了，你还想不想上大学了？

学生： 上大学？徐老师，您能不能一直教我还不一定呢！

老师： 傻孩子，放心吧，只要这个学校还有学生，哪怕只有你一个，老师也会一直教下去。因为我是一名教师，这是老师的职责。

学生： 只要徐老师您肯教我，我就一定好好学！（背诗）两个黄鹂鸣翠柳，一行白鹭上青天。窗含西岭千秋雪，门泊东吴万里船。

牢记承诺，薪火相传

在油城村，与爷爷相依为命的徐佳淇，无法像村里的其他小孩一样去镇上或者城里的学校读书，为了让村中仅剩的孩子可以继续接受教育，徐泽峰放弃了去镇上教书的机会，毅然选择留守在油城小学，一个人担负起所有课业，成为全中国最"孤独"的老师之一。

徐泽峰的父亲叫徐万祥，也是一名教师，只是那个时候油城小学叫油城村学校，有小学、有初中，有一群群的孩子等待接受教育，村里的中年人基本上都是徐万祥的学生。徐泽峰高中毕业时，面临一个重要的人生选择：是到县城里工作，还是回到自己曾经生活过的小乡村任教。18岁的徐泽峰和其他同龄的小伙伴们一样，也向往外面的精彩世界，但是父亲徐万祥对他说："回咱村学校当老师吧，这里好多孩子都需要老师。"

于是，徐泽峰就回到了家乡，当了一名教师。那时油城小学有一百多个学生，这所学校是孩子们走出大山的一扇希望之门。上班的第一天，徐泽峰走遍了学校的每一间教室。他和8个新同事都坚信，这里将会是油城村的未来。一年、十年、三十年……小徐变成了老徐，他教过的许多学生也走出了大山，去追寻自己的梦想。

1994年，这里还有初中的时候，一共有9名教师，现在老师们都到山外找工作去了。徐泽峰也考虑过换工作，但他牢牢记住了父亲的一句话："这里需要你，留下来吧！"这句话让犹豫不决的徐泽峰坚定地留了下来。

虽然目前学校只有一位老师和一个学生，但是他们二人却圆满完成了小

坚守讲台的徐泽峰

"一对一"辅导

学阶段的主要课程，语文、数学、英语、体育、音乐、美术……都由徐泽峰一人执教。除此之外，他还经常对徐佳淇进行"一对一"辅导。人们在对这个"奇特"的故事感到惊讶之余，更多的是感动与温馨。

情境再现

老师： 来，佳淇，跟我读，"骨头"。

学生： "骨头"。

老师： "孤独"。

学生： "孤独"。

老师： "古怪"。

学生： "古怪"。

老师： 佳淇啊，这个词咱不能光会读，咱还得知道其中的含义。你知道"骨头"是什么意思吗？

学生： 知道，骨头的意思就是做人要有骨头。

老师： 老师再跟你讲讲人身上都有哪些骨头。这是头骨（摸头），这是肋巴骨（摸右胸部），这是大腿骨（摸大腿），这是（摸臀）——

学生： 屁股。

老师： 这是尾骨。佳淇，这个"孤独"，你知道是什么意思吗？

学生： "孤独"的意思就是……猪蹄你得"咕嘟咕嘟"才好吃。

老师： 你不能光想着吃，那是"咕嘟"，这是"孤独"。"孤独"的意思就是一个人一旦离开了集体，独自一个人，就会很孤单，明白吗？

学生： 哦，明白了。我一个人上课，就很"孤独"。

老师： 佳淇，你是不是也想到镇上去，跟以前的小伙伴一起学习啊？

学生： 想……但是我去不了，我还要照顾爷爷呢。

老师： 那如果有人愿意帮忙照顾你爷爷呢？

学生： 没有如果，我现在还太小，还不能很好地照顾爷爷，但我会好好读书，将来长大了，好好工作，孝顺爷爷。

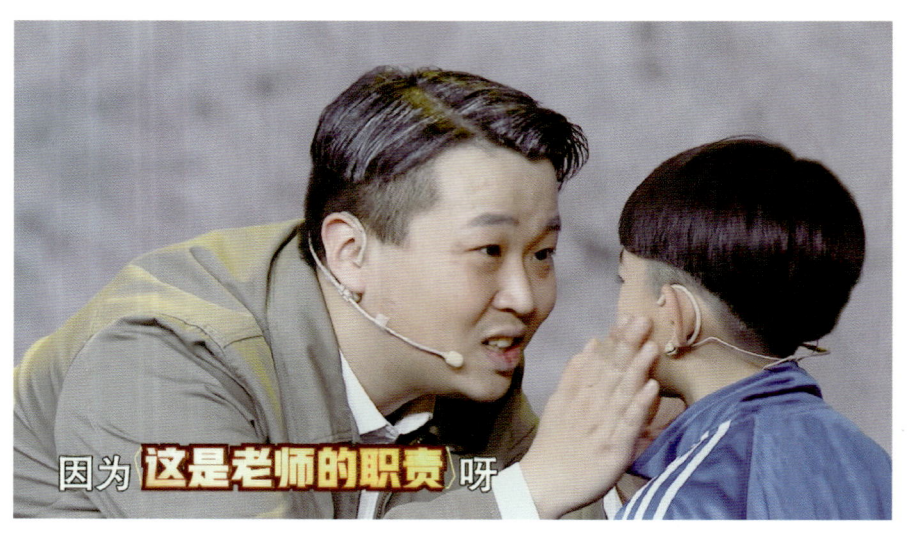

老师：中！老师就知道没看错你。老师跟你说个好消息，镇里的领导决定帮你照顾爷爷，并且资助你到镇里面上学，这样你就可以和小伙伴们一起享受良好的学习环境了。

学生：太棒了，太好了，我可以去镇里上学了。（继续读）骨头、古怪、孤独……

老师：佳淇，咋了？

学生：徐老师，如果我走了，你会不会孤独？

老师：傻孩子，老师不会孤独，隔壁村有好些孩子到了上学的年龄还没有老师去教他们，等你到了镇上，老师就去教他们。等他们像你一样大了，我再把他们送到镇上去，和你一样享受良好的学习环境。老师跟你说过，只要还有一个学生，老师就会一直教下去。

学生：为什么啊？

老师：因为这是老师的职责呀！……

中国故事扫码看

"这是老师的职责"，多么朴实的回答，但是又如此响亮。徐老师像蜡烛一样，燃烧自己，照亮学生。不过，徐老师虽然已经尽力地燃烧自己，可他自己的光亮还比较微弱，毕竟这样的环境对于徐佳淇来说肯定不是最好的。专门的课程有专门的老师，才是渐渐长大的徐佳淇真正需要的。

我走了，爷爷和老师该咋办？

一间教室、一块黑板、一位老师、一个学生，构成了油城小学每日"孤独"的身影。

2017年5月15日，小雨，太行山深处，天气微凉。9点多，师生二人正在上数学课，徐泽峰在黑板上写下3道一元方程题，让佳淇做。佳淇刚动笔就被老师叫停了："答题要先写'解'。"而后，3个"解"，3个答案，这一次，佳淇全对。

趁着课间休息，穿着帛质长袖外套的佳淇一个人对着墙壁踢球。他踢的不是足球，而是一个小篮球，还破了个洞。有时候，调皮的佳淇还会双脚踩在球上练"杂技"。佳淇玩耍时，徐泽峰就静静地站在教室门口，看着自己唯一的四年级学生。在课余时间，徐泽峰也会带着佳淇上山"采风"，让他接触大自然，领略大自然的神奇，教他一些书本上没有的东西，这是城里孩子难有的课堂。

中午11点半，佳淇从油城小学里走出来，没有背书包，没有同伴，飞一般地往家的方向跑去，映衬出少年该有的朝气。佳淇要回家给爷爷做饭，午饭是面条。佳淇和爷爷住在村里，每年除了靠天收点儿麦子，两人主要以捡废品为生。

徐泽峰给徐佳淇上课

徐泽峰带徐佳淇"采风"

用石头垒起来的半封闭的棚子就是厨房,棚子的墙壁和锅被熏得炭黑。佳淇做饭很麻利,先把水烧开,然后倒进暖瓶,剩下的水用来煮面条,这样不必重复烧水,可以节省柴火。

佳淇的父亲外出打工,是爷爷徐黑孩一手把他拉扯大的。徐黑孩在佳淇5岁时就开始教他做饭。他自己平时在地里干农活,经常忙不过来,所以就把这些生活技能早早地交给了孙子。一锅面条,两个鸡蛋,一些白菜,做好后,佳淇盛好一碗先端给爷爷。在佳淇的心中,爷爷是他最亲的人。

爷爷怕佳淇孤单,就在后山的平台上修了一座简易的"游乐园",里面有用树枝和布条做成的秋千,用旧竹篮做的球网,还有羽毛球场。一把黑色玩具枪,三盒小黄珠"子弹"整齐地放在一个破旧抽屉里最显眼的位置,有一盒"子弹"已经备存了许久。"存了好几个月的钱,才让我买到了这个宝贝。"佳淇高兴地说着,然后将枪装满子弹跑出了门,找了两个塑料瓶摆在台阶上,单腿跪地,用眼睛瞄准塑料瓶射击,两三下就击倒一个。

买这把枪花了15元钱,徐黑孩凑了七个月。为了实现孙子拥有一把"枪"的梦想,爷爷带着佳淇到处搜集塑料瓶。为了卖个好价钱,爷爷背着一大袋子压扁的塑料瓶花了5个多小时,走了将近20公里的路。

2018年,佳淇上四年级了,已经达到去镇上上学的条件。佳淇的爷爷虽然同意他到镇上上学,但还是有些顾虑:"出去上学每个月坐车就得花400多元,这是一笔不小的开支。"而佳淇担心的却是:"爷爷一个人在家,我放心不下。我一走,爷爷该咋办?徐老师该咋办?"

徐佳淇在做饭

徐佳淇和爷爷

用一个承诺，守一朵花开

1999年，张艺谋导演的电影《一个都不能少》在社会上引起广泛反响，农村留守儿童的教育问题逐渐引起人们的关注。在电影中，年仅13岁的代课教师魏敏芝为了实现对高老师"一个都不能少"的承诺，踏上了寻找辍学学生张慧科（年仅10岁）的艰难之路。

18年后，电影里魏敏芝的担忧已经成为过去。2017年10月22日，在党的十九大新闻中心举行的第五场记者招待会上，教育部党组书记、部长陈宝生说："这五年，没有一个孩子因家庭困难而辍学的目标基本实现，这是一个了不起的成就。"

让每个孩子都接受义务教育，事关千家万户，事关国家和民族的未来。曾几何时，一提起辍学，大家就会想到电影《一个都不能少》里面的因贫辍学，但现在情况已经发生了很大改变。目前，我们国家正着力提升农村学校的教学质量，改善农村办学条件，加强农村教师队伍建设，加大对学习困难学生的帮扶力度，丰富教学内容和校园文化生活，改革教育方式和评价方式，积极开展文体活动和社会实践活动，让孩子们从小就愿意上学，喜欢去学校。

近年来，伴随着我国城市化进程的加快，越来越多的农村剩余劳动力流入城市，一些偏远农村学校的生源逐渐减少，一些学校因此拆并或消失。但是为了实现"一个都不能少"的目标，社会各方正积极投身于这场事关民族未来、国家大计的教育改革攻坚战。

2018年开春，当地政府为油城村开通了班车。班车是为油城村的适龄儿童去山外上学而开通的。同时，政府还为佳淇联系了县中心小学，并安排了专人照顾他的爷爷，让佳淇能够安心上学。

我们称老师为园丁，
是因为每一个学生，
他们都用细心去灌溉，

用爱心去陪伴，
用耐心去等待他们发芽！
老师最让人尊敬之处，
不在于他看守的苗圃有多大，
而在于他能让苗圃中的每一个花朵都能得到关爱，
让这些花朵都能绚丽地绽放，
开出最美的颜色。

感悟非凡故事

在太行山深处的这个小村庄，一张小小的课桌就是一个大大的梦想，一所小小的学校承载着整个村的希望，正是因为有徐泽峰这样的园丁，每一株蓄势待发的幼苗，才能茁壮成长、散发光芒。

为了守一朵花开，徐泽峰甘愿坚守和付出，在现实生活中践行着我们国家义务教育"一个都不能少"的承诺。在全国，像徐泽峰一样伟大而又默默无闻的乡村教师还有很多，他们不忘初心，坚守净土，在祖国各地谱写着一篇篇爱的赞歌。

文化传承

苏尼特右旗第一代乌兰牧骑队员巴图朝鲁、胡木吉勒吐、呼日查格日勒（前排就座）和新时代的乌兰牧骑队员

乌兰牧骑，蒙古语原意为"红色的嫩芽"，是指活跃在农村牧区的红色文化工作队。1957年6月17日，内蒙古自治区文化局根据牧区、半农半牧区地广人稀、交通不便和居民点极其分散等情况，在群众文化工作比较活跃的锡林郭勒盟苏尼特右旗建立了第一支装备轻便、组织精悍、人员一专多能、便于流动的小型综合文化工作队。六十多年来，乌兰牧骑始终坚持不懈地全心全意为农牧民服务，不仅能在舞台上演出精彩节目，走下舞台还能做饭洗衣，修理家用电器，传播科学文化知识，被农牧民亲切地称为"玛奈（我们的）乌兰牧骑"，乌兰牧骑队员则被唤作"玛奈呼和德（我们的孩子）"。

不忘初心 牢记使命
——永远做草原上的"红色文艺轻骑兵"

由于地理条件限制，新中国成立之初，内蒙古自治区的群众文化生活非常贫乏。各旗县文化馆组织的农牧民业余文艺宣传队人少力弱，无法承担到地广人稀的农牧区演出和传达信息的重任。

1957年，内蒙古自治区决定改造旗县文化馆，组建小型、流动、综合性文化工作专业队伍。就这样，红色文艺轻骑兵"乌兰牧骑"诞生了。六十多年来，一代代乌兰牧骑队员薪火相传，在内蒙古草原上家喻户晓，在国内外舞台上驰声走誉。

中国故事扫码听

走进非凡故事

20世纪50年代,内蒙古草原满目疮痍,百业待兴。时任内蒙古自治区第一书记、自治区主席的乌兰夫同志到农牧区检查工作时发现,基层的文化设施和人民的文化生活非常贫乏,彼此之间信息的传播非常困难。牧民们长期听不到广播,看不到电影、演出、展览、图书……有的牧民跑到文化馆借一本书,可能半年后才能还回来;有的牧民辛勤劳作了一辈子都没看过文艺演出。

为此,中央和内蒙古自治区党委曾多次发出指示,要求各地大力发展少数民族地区特别是边远牧区的经济和文化事业,建立以活跃群众文化生活为主要服务内容的文化馆或文化站。然而,内蒙古自治区地域辽阔、人口分散、交通不便,文化活动仍很难深入广大边远牧区和半农半牧区。

1957年5月初,乌兰夫去北京开会时,向周恩来总理汇报了这个情况。周总理回复:是否可以研究一种能够满足基层群众文化生活需要的办法,建立相应的队伍?

就这样,1957年6月17日,第一支乌兰牧骑在锡林郭勒盟苏尼特右旗诞生了!

奔赴草原各地演出的乌兰牧骑

2辆勒勒车、6匹马、5件乐器、9名演员、1面红旗、2块幕布、2顶帐篷、3盏煤油灯、4套服装、1套播音设备、1台收音机、1台留声机,这就是第一支乌兰牧骑的全部家当。

讲述非凡故事

2017年10月9日,借苏尼特右旗乌兰牧骑成立60周年之际,16名队员给习近平总书记写信，汇报乌兰牧骑的成长和进步。11月21日，习近平总书记给苏尼特右旗乌兰牧骑队员们回信，勉励他们继续扎根基层、服务群众，努力创作更多接地气、传得开、留得下的优秀作品。

习近平总书记的回信全文如下：

苏尼特右旗乌兰牧骑的队员们：

你们好！从来信中，我很高兴地看到了乌兰牧骑的成长与进步，感受到了你们对事业的那份热爱、对党和人民的那份深情。

乌兰牧骑是全国文艺战线的一面旗帜，第一支乌兰牧骑就诞生在你们的家乡。60年来，一代代乌兰牧骑队员迎风雪、冒寒暑，长期在戈壁、草原上辗转跋涉，以天为幕布，以地为舞台，为广大农牧民送去了欢乐和文明，传递了党的声音和关怀。

乌兰牧骑的长盛不衰表明，人民需要艺术，艺术也需要人民。在新时代，希望你们以党的十九大精神为指引，大力弘扬乌兰牧骑的优良传统，扎根生活沃土，服务牧民群众，推动文艺创新，努力创作更多接地气、传得开、留得下的优秀作品，永远做草原上的"红色文艺轻骑兵"。

习近平

2017年11月21日

长调悠扬六十载，扎根草原的"文艺范儿"

在蒙古语中，"乌兰"表示红色，象征光明；'牧骑'的意思是嫩芽，孕育着勃勃生机。乌兰牧骑是一支为适应草原地区生产生活特点而诞生的文化工作队，少则几人，多则几十人，具有演出、宣传、辅导、服务等职能。

乌兰牧骑诞生于草原、植根于草原、服务于草原，深受广大农牧民的欢迎。他们的口号是：不漏掉一个蒙古包，不落下一个农牧民！无论是定居点还是放牧点，只要有一个牧民，他们就演出，这一演就是六十多年！

苏尼特右旗乌兰牧骑成立之初只有9名演员，就是这9名能歌善舞的蒙

乌兰牧骑为牧民演出

克旗乌兰牧骑队员宣讲党的方针政策

古族青年,扛起了内蒙古第一面乌兰牧骑的旗帜。建队典礼结束后,他们凭着对父老乡亲的热爱和一股吃苦耐劳的韧劲,用半个多月的时间编排了小剧《两朵红花》、好来宝《党的关怀》、舞蹈《挤奶姑娘》等节目,随后便赶着勒勒车,跋涉在茫茫大草原上,足迹遍布苏尼特右旗22 300平方公里的大草原,把丰富多彩的节目送到了牧民的蒙古包前。

蓝天做幕布,草原做舞台,没有华丽的服装,没有精致的舞台,或在蒙古包旁的一块空地上,或在河边,或在戈壁滩上,演员们点着煤油灯、汽灯、火把,与牧民们同唱跳、共围坐。化妆品少,演员们就用红纸染唇;没有眉笔,他们就用烧过的火柴棍描眉。即便如此,大家依然乐此不疲地工作,因为自己的演出可以给农牧民带来快乐,让空旷的草原活跃起浓厚的文化气息。

随后几年,各地的乌兰牧骑如雨后春笋般涌现。到1963年底,内蒙古已经建成了30支乌兰牧骑。

周恩来总理生前十分喜爱和支持乌兰牧骑的事业,曾先后12次接见乌兰牧骑队员。他在接见乌兰牧骑队员时说:"牧骑嘛,我建议要骑马,成个名副其实的'牧骑'。骑上马,带上帐篷,也挺好。不要进了城市,忘了乡村。要不忘过去,不忘农村,不忘你们的牧场。""乌兰牧骑是社会主义的新生事物。你们要走向全国,到全国各地去巡回演出,宣传毛泽东思想,把乌兰牧骑精神带到全国去!"

乌兰牧骑队员没有辜负周恩来总理的教诲,几十年如一日,驰骋在美丽辽阔的千里草原上,成为名副其实的文艺轻骑兵。他们从草原深处走来,带着泥土的芬芳,走向世人瞩目的舞台;他们从人民文艺的熔炉里走出,带着欢乐和文明，带着党和国家的声音与关怀，走向辽阔的草原大地。

情境再现

队长：请问这里是巴音的家吗？

巴音：是，我就是巴音。

队长：巴音，赛白努（蒙古语"你好"的意思）！

巴音："赛白努"，巴音！

队长：呀！咋还跟自己打招呼呢！

巴音：哎呀！我太激动了！我平时一个人放牧，这草原太大了，我七天也见不着一个人。这一下子见着七个人，这就是一个礼拜啊！来，喝茶，喝茶！你们能来我家，我真的太高兴了，太激动了。你们是……？

队长：我们是乌兰牧骑。

巴音：乌兰牧骑？哦，我想起来了，你们就是骑着马，为牧民四处演出的文艺工作者。

队长：是，是我们！

巴音：太好了，太好了，你们居然能来我这儿！

队长：我们听说，您非常喜欢看我们的演出，但是你放牧又没时间，所以我们就过来了。

巴音：你们是为我一个人来的？（哭着走到一边）

队长：是啊！巴音兄弟，你这是干吗？

乌力吉：哎呀，被感动的呗！

巴音：不是啊！你们一群人给我一个人演出，这得花多少钱呀！

队长：巴音兄弟，我们乌兰牧骑为咱们牧民兄弟演出，是免费的，并且还帮你们干活呢！

巴音：真的？

队长：真的！

巴音：你们平时就这么闲吗？你们平时还帮我干活，闲下来还能演出，我太幸福啦！

队长：我们也想天天帮您干活，天天为您演出，但是离您这60多公里以外，还有一位像您一样的牧民大姐，也等着我们去演出呢！

巴音：每户你们都这么演？

队长：对，每户都这么演！

巴音：那为什么呀？

队长：因为我们乌兰牧骑是不会漏掉一个蒙古包，也不会落下一个牧民的……来，大家伙拿出我们的热情，为巴音送上我们的祝福吧！

中国故事扫码看

这是巴音第一次看文艺演出。从那以后，每年这个时候，乌兰牧骑都会来到这里，为巴音演出，给他带来外面的信息。

一专多能的文化使者

在辽阔的内蒙古大地上，有一面红旗在草原上飘扬了六十多年，有一首赞歌在草原上嘹亮了六十多年，有一支小分队在草原上驰骋了六十多年。

这面红旗上跃动着四个大字——乌兰牧骑。

乌兰牧骑的队员们大多来自草原牧民，队伍短小精悍，队员"一专多能"，吹、拉、弹、唱、舞，无所不会。比如报幕员，一报完幕便拿起乐器弹奏起来，伴奏之后，还能献上一曲；舞蹈演员们登场后，报幕员又会在队列中出现；演出前后，报幕员还是图片展览讲解员、日用商品售货员、时事政策宣传员、业余文艺辅导员、摄影员、播音员、理发员等。

乌兰牧骑初创时期，每年一开春，队员们就带着行李离开自己的家，以铁路为分界线，开始长达半年的流动演出，等到秋天回来时第一场雪已经下了。归途中，遇到暴风雪、沙尘暴等恶劣天气是常有的事。

内蒙古草原幅员辽阔，东西跨度大，牧民居住较为分散，相邻的两户牧民往往相距几公里甚至几十公里。为了一场几个小时的演出，乌兰牧骑队员们经常要在戈壁、草原上走几天几夜，常常吃不上饭、喝不上水，有时甚至不得不围着一个臭水泡子解渴，但是队员们仍然情绪高涨，一天演出三四场，而且节目都不重样。

乌兰牧骑的节目多为自创、自编、自演，节目小型多样，以反映农牧民生活为主，富有民族特点、地区特点和时代特点。除了精彩的表演，队员们还会带上各种书籍、常用药品，向各族农牧民群众宣传党的路线、方针、政策，宣传国内外形势，宣传好人好事，宣传科技、卫生及日常生活新知识，提高他们的思想觉悟和文化水平。在深入农村、牧区演出的过程中，他们还分散或集中地组织、辅导当地群众进行业余文艺演出和创作活动，并根据农牧民的需要开展一些力所能及的服务活动，如为牧民理发、照相、代购图书、修理半导体收音机和小型农机具、治疗常见病等，剪羊毛、大扫除更是常事。

曾受到党和国家领导人亲切接见的乌兰牧骑第一批老队员伊兰[1]回忆道：

1　伊兰，1957年第一代苏尼特右旗乌兰牧骑队员。2017年在乌兰牧骑成立60周年表彰大会上，被授予终身荣誉奖。

昭乌达盟乌兰牧骑送书下乡

乌兰牧骑队员帮牧民剪羊毛

"乌兰牧骑一诞生就受到牧民们慈母般的关怀与热爱,这证明了党的文艺为人民服务、为社会主义服务的方针是正确的,是深受牧民群众欢迎的。作为第一支乌兰牧骑的队员,下牧区演出经历的艰苦和与牧民水乳交融的感情是终生难忘的……那时候,马车都是胶皮轱辘,坐在上面颠得特别厉害,要是碰上沙窝子,更是走不了。现在想起来是真苦啊,可是当时也没觉得怎样,只要想着能为基层的牧民群众演出,心里就特别高兴。"

牧民把乌兰牧骑当亲人

乌兰牧骑第一代队员巴图朝鲁始终把一句话挂在嘴边:"牧民把乌兰牧骑当亲人,乌兰牧骑也把牧民当亲人。"1965年盛夏,队员们经浑善达克沙漠,来到阿其图公社乌日根大队。这里位于沙漠边缘,气候干燥,人畜饮水都很困难。队员们看在眼里、急在心里,决定晚上演出,白天为当地牧民打井。几天的演出结束了,井也打好了,一碗碗清甜的水端到牧民面前,老阿爸激动得热泪盈眶,老额吉亲吻着队员们的额头,为他们祝福。牧民们端起马奶酒,捧出"哈达",用最敬重的礼节招待队员们。

一口清水井,浸透着乌兰牧骑对牧民的深情;一句知心话,暖透了队员们的心房。从此,在草原深处,有一口井,旁边立着一块石碑,上面刻着"乌兰牧骑井"五个鲜红的大字。

乌兰牧骑始终坚持不懈地全心全意为农牧民服务。上万人的那达慕大会,他们演;比演员还少的牧民点,他们也演。草场牧区、田间地头、厂矿学校。在内蒙古各地，到处都有乌兰牧骑队员们的身影。

表演艺术家斯琴高娃动情地回忆道："乌兰牧骑始终是草原文艺界的旗帜。当时我在内蒙古自治区歌舞团工作，周总理号召内蒙古所有的文艺演出团体学习乌兰牧骑精神。那时候乌兰牧骑一来演出，牧区里所有人都想去看，但是有的老人年纪大了，腿脚不便，我就背着那些老额吉、老阿爸去看表演，大家都对乌兰牧骑有深厚的感情。"

当时多数牧民都住的是蒙古包，演出结束后，各家各户的阿爸阿妈就拉着队员的手直接把人"拎"走。他们把队员接到家里，拿出家里最好的东西，让队员们吃得饱饱的，睡得好好的。晚上天气冷的时候，老阿爸、老阿妈还起来给他们盖被子。

布音都仁人生中所看的第一场演出就是乌兰牧骑表演的，当时他很感动。从那时起，他就梦想自己有朝一日能够成为乌兰牧骑的一员。后来，他真的成为阿拉善右旗乌兰牧骑的演员，至今已参加过上百场演出。"有的牧民一辈子守着草场，从来没有看过演出，也没有走出过草原。乌兰牧骑队员知道后就会来到他们的蒙古包，除了表演，还会自带粮食和锅碗，一部分人演出，一部分人做饭。大家兴奋地一起唱一起跳。"最让他难忘的是有一次为中蒙边界站岗哨兵表演。"表演时，哨所的哨兵坚守岗位，不能动也不能说话，只能直视前方。但我们能感受到，他期待我们表演。为了方便他看清，我们特意到他附近卖力地表演。我能感受到他内心的激动，可以看到他的眼泪就在眼眶中打转。我们很多演员也哭了。"

乌兰牧骑队员在与农牧民的长期交往中，坚持着这样的信条，即"五不走"——水缸不满不走，院子不干净不走，不征求意见不走，饭费不结清不走，服务项目不完成不走；"六不分"——不分观众多少有求必应，不分生活好坏以苦为荣，不分路途远近送戏上门，不分时间早晚接送观众，不分场地好坏见缝插针，不分严冬酷暑坚持演出。这是他们的口号，也是他们的真实行动，因为他们已置身于农牧民之中，他们的心和农牧民贴得很近。

永不落幕的乌兰牧骑精神

乌兰牧骑80后现役队员乌宁是苏尼特右旗乌兰牧骑的舞蹈演员。她的姥姥叫呼日查格日勒，是苏尼特右旗乌兰牧骑的第一代队员。乌宁从小就希望自己有一天也能像姥姥一样加入乌兰牧骑，长大后她终于如愿以偿。但那时的她还不懂乌兰牧骑，只是觉得姥姥演出的时候很美。

直到有一次，79岁的达日玛老人紧紧握住她的手："你跟当时我们牧民特别喜欢的歌唱演员呼日查格日勒简直像一个模子刻出来的。"那一刻，她才真正懂得了传承乌兰牧骑精神的意义。正是有了一代一代的传承，才让乌兰牧骑的声音传遍草原，甚至走出国门。

"我家是两代乌兰牧骑，我姥姥年轻时是乌兰牧骑队员，现在我继承了她的事业和精神。她总对我说，要把最好的表演献给牧民，为人民服务永远不变。"乌宁对乌兰牧骑有了更深刻的感悟。

乌兰牧骑从信息闭塞的时代走到传播手段极为丰富的今天，但不论农村牧区、企业学校，还是机关单位、军营警营，乌兰牧骑的演出始终长盛不衰，围满了观众。新时代，乌兰牧骑在敬老院演出，一位95岁的老人刚看到舞台车，便立刻跑去占座位，生怕误了演出。有时乌兰牧骑下乡演出，老百姓就早早地在村口迎接。

时光荏苒，第一代乌兰牧骑虽已老去，但新一代年轻队员们仍传承着前辈们始终扎根生活沃土、服务牧民群众这一宗旨。他们执着坚守、不忘初心，在时光的打磨下焕发出新的生机。在草原上，乌兰牧骑的歌永远也唱不完。

乌兰牧骑以广阔草原为第一舞台，以广大农牧民群众为第一观众，以丰厚的民族艺术底蕴为第一营养，以多姿多彩的草原文化为第一内容，从群众中汲取智慧，在实践中激发创作灵感，60多年来共创作出13 000多个优秀剧目，一大批声乐、器乐、舞蹈、曲艺等方面的精品力作久演不衰。他们是以人民为中心理念的宣传者，更是践行者。

乌兰牧骑的交通工具从最初的勒勒车、马匹、骆驼，发展到卡车，再到后来专业的演出车和音响装备……队伍在发展，环境在变化，一直没有改变的，是乌兰牧骑扎根草原、服务农牧民的初心。

感悟非凡故事

60多年来，这支草原上的"红色文艺轻骑兵"风雨传承，代代延续，为草原大地传承半个多世纪的文明。他们的足迹遍布内蒙古自治区的每一个角落，累计行程130余万公里，慰问演出36万余场次，观众总数达2.6亿人次，却分文不取，兑现了"不漏掉一个蒙古包，不落下一个农牧民"的承诺。

人民需要艺术，艺术也需要人民。在乌兰牧骑身上，我们不仅看到了文艺工作者的坚守与执着，更看到了草原儿女的赤诚之心。乌兰牧骑队员铭记文艺服务于人民的初心，在草原散播着红色文艺的种子，为草原人民留下了璀璨的文化印记，更为草原人民送去了真情和温暖，成就了内蒙古草原上众口传颂的红色传奇。

方锦龙

　　方锦龙，1963年2月出生于安徽省安庆市的一个音乐世家，从小就开始学习民族乐器。少年时代的他凭借掌握十几种乐器的演奏技巧考入济南军区前卫歌舞团，成为一名文艺兵。1989年，方锦龙根据史料研制了改良的五弦琵琶，使琵琶的音色、音域更加宽广，被称为现代五弦琵琶的代表人物和"国乐四大天王"之一。在琵琶演奏技术上，他率先提出轮指伴奏节奏重音的变化、组合夹弹、组合摇指、摆指及双摆、三摆等技法，提升了琵琶的表现力，使琵琶演奏别具一格，被誉为"以无法为有法，唯独秀于诸家"。

国乐经典 琴韵天下
——复活失传千年的五弦琵琶,唤醒国乐新生命

音乐,是人类文明史上的瑰宝,是传递人类情感的艺术;乐器,是人类最伟大的发明之一,不同的民族,不同的乐器,演奏出不同的旋律,传递出不同的情感。中国的民族音乐内涵丰富、别具一格,国乐文化更是长屹于世界音乐之林。

有一个人,他根据日本正仓院收藏的中国唐代五弦琵琶及众多历史资料,成功地将从宋代开始近乎失传的五弦琵琶进行了复原和改良,被誉为富有创造性的新派琵琶演奏家。

中国故事扫码听

走进非凡故事

一个人善弹几种乐器，是一件值得称道的事。但有这么一个人，除了能够非常精湛地演绎琵琶之外，还能"玩转"三百多种中外民族乐器。他的演奏行云流水，天马行空，不拘泥于形式技巧，而是醉心于发掘和探索每一种乐器的无限潜力。他立足国乐，致力于传统文化的传承和在世界各地寻找更多珍贵的古乐器，并希望把它们传承下去，被誉为民族传统文化的守望者，他就是国乐匠人方锦龙。

"只有民族的，才是世界的。"这是鲁迅先生在《且介亭杂文集》中说过的一句话。中华民族五千多年的文明历史孕育出众多中华优秀传统文化，音乐就是其中重要的组成部分。

情境再现

高博： 方老师，您刚才演奏得太好了！纵横捭阖，信手拈来。我有个不情之请，我想拜您为师，可以吗？

方锦龙： 可以啊，你想学啥？

高博： 您看我这个材料，觉得我可以掌握什么？

方锦龙： 吹！

高博： 吹太简单了，那不用学！全场除了小撒（撒贝宁）我也许吹不过，谁都比不过我。

方锦龙： 你说的是哪个吹啊？我说的是吹奏乐器的"吹"！

（方锦龙取出乐器"龠"）

高博： 这叫什么？

方锦龙： 这是中国的古乐器，叫龠，又名吹火筒！

高博： 方老师，您别拿我打镲，我是抱着虔诚的心来学习的。

方锦龙： 你可别小看这个乐器，它有八千多年的历史。龠，是和谐的"和"的繁体字的一部分，"和"的繁体字是由龠与禾苗的"禾"组成的。

　　　　　　来，你试试这个八千多年的吹火筒！

高　博：算了，我怕把火吹灭了！有没有不用嘴的？

方锦龙：有啊！

　　　　（方锦龙取出乐器"鼻箫"）

高　博：这是什么？

方锦龙：这是一千多年前的少数民族乐器，叫鼻箫，用鼻子吹。

高　博：为什么他们只用鼻孔吹呢？

方锦龙：据传说，这是黎族青年谈恋爱的时候吹的。因为他们用鼻子吹，嘴巴还可以谈情说爱。

高　博：真有情调，那您赶紧吹一下吧。

　　　　……

　　　　（方锦龙取出乐器"簧"）

高　博：方老师，你拿炮仗干什么？

方锦龙：这不是炮仗，这叫簧，是一种簧片乐器。西方的口琴、管风琴、手风琴、电子音乐都源自它。

　　　　（方锦龙吹奏簧）

……

方锦龙： 刚才展示的这些乐器只是咱们千百种国乐乐器里面的凤毛麟角。在华夏文明中，每一件乐器及其旋律都凝聚了中华民族的个性与智慧。我们应该不忘初心，将它们传承创新，发扬光大，因为只有民族的才是世界的。

中国故事扫码看

讲述非凡故事

孔子曾经说："移风易俗，莫善于乐。"音乐在我们的日常生活中扮演着很重要的角色。下面是关于国乐匠人方锦龙的故事，他复原了失传近千年的声音。从他的琵琶演奏中，我们可以看到一个世界，若是给他一些乐器，那么他一个人就是一个乐团。

四弦琵琶，学艺初始

"琵琶上面四个王，是王者之乐器，是最难的，也是最丰富的。西方乐器之王是钢琴，中国乐器之王则是琵琶，琵琶的指法道尽了所有弹拨乐的妙处。"谈到最喜欢的乐器，这位拥有一千多件乐器的国乐大师方锦龙总是首推琵琶。琵琶在方锦龙的一生中的确扮演着十分重要的角色。

方锦龙出生在黄梅戏的发展壮大之地——安徽省安庆市。父亲方学章是黄梅戏剧院的乐师，母亲徐仁淑是一所小学的教师。方锦龙从小耳濡目染，对国乐产生了浓厚的兴趣。

一岁时，方锦龙便能拿着京胡有模有样地端坐在椅子上。5岁时，他开始跟着父亲学习柳琴。因为柳琴看起来很小，背在身后不像男子汉，小小的方锦龙经常被其他孩子笑话。6岁时，他向父亲提出要学一种"更大"的乐器。这一年，父亲将一把四弦琵琶交到他手上，开启了方锦龙正式的学艺之路。

学艺之路并没有方锦龙想象的那么简单。练习琵琶从最初的"好玩与兴趣"变成了他每天必须完成的任务。父亲方学章秉持"棍棒之下出人才"的原则对方锦龙严格要求。每当方锦龙偷懒时，严厉的父亲便会对他进行惩戒。年少的方锦龙也曾因叛逆和父亲发生过冲突，但现在他一直感谢父亲对自己的严格要求，也始终记得父亲的那句叮嘱："学好乐器就能走地球，学不好就只能修地球。"

1岁时的方锦龙

方锦龙没有辜负父亲的教诲，也没有辜负这丝竹之音。15岁时，方锦龙已经掌握了十几种乐器的演奏方法，他带着琵琶只身来到济南，报考济南军区前卫歌舞团。在主考官面前，他满怀深情，一口气弹奏了10支曲子，由此顺利成为一名文艺兵。

一把"春夜游"，一生收藏始

如果说6岁那年父亲交给方锦龙的四弦琵琶开启了他的学艺之路，那么16岁那年方锦龙遇到的一把琵琶，则让他开始建立自己的乐器王国。

1979年的一天，方锦龙和朋友们一起去山上练功，路遇一位衣衫褴褛的中年人。只见那人身上背着一把"破琵琶"，琵琶的背面还刻有"春夜游"三个金箔琴铭，方锦龙喜爱至极，但对方要价50元。那时他的月薪只有7元，50元不是一个小数目。由于囊中羞涩，他很是犹豫，但看见这把"破琵琶"，又按捺不住内心的冲动，最后只能找战友们借钱把它买了下来。后来他才知道，这并不是一把普通的琴，而是已有数百年历史的古南音琵琶。从此，方锦龙收集乐器的兴趣一发不可收拾，他每去一个地方演出都要到文玩市场看看有没有当地的特色乐器。

但是，有些乐器光花钱还不行，得用自己的艺术修养和演奏技巧去换。一次，他在科威特看到一把梦寐以求的乌德琴。正想掏钱买时，对方却以为他是不懂艺术的生意人而不卖。无奈之下，他只得耐着性子与对方软磨硬缠，并趁机展露自己的弹奏才艺，以打动对方。当对方得意地弹完一曲后，方锦龙接过乌德琴，立马就把刚才演奏的旋律一点不差地弹了出来，结尾处还加上了自己的独特发挥，使乐曲锦上添花，变得更加生动。这让那位卖琴的科威特人钦佩不已，如遇知音。于是，方锦龙如愿以偿地得到了那把珍贵的乌德琴。

几十年间，方锦龙走访了四十多个国家，建立了一个规模空前的乐器"王国"。在这个"王国"里，中国的古琴、日本的尺八、印度的西塔尔、新加坡的安格隆、毛里求斯的手鼓、泰国的木琴、土耳其的沙兹、西班牙的古典吉他、德国的古典口琴、蒙古的火不思、美国的班卓琴和曼陀林、中东的乌德琴、非洲的雨树……一应俱全；吹奏的、拉弦的、弹拨的、打击的……应有尽有。

2002年，方锦龙在佛山建立"锦龙中国乐器馆"，让更多的人有机会接触中国乃至世界的乐器。不过，收藏并非方锦龙的终极目标。在他看来，乐器只有让人听到才有意义，方锦龙要做的是"活"的收藏，而不是静止的展示。这上千件乐器，在他的演奏下，向世人发出了穿越千年的旋律。

方锦龙有一个随身携带的背包，里面装着几十种吹管乐器。他常常说："我现在出门，背一把琵琶，拎上这个包，几千年的音乐文明史就都在里面了。"

寻回千年音，传承中华魂

除了我国，日本是收藏中国文物最多、最精的国家之一。从隋唐开始，日本就以中国为文化母国，虚心学习，并大量输入各种艺术品。近代以来，列强入侵我国，使得大批珍宝漂洋过海，流失海外。

在日本众多的中国文物中，有一把收藏于日本奈良正仓院的唐代五弦琵琶。这把紫檀木琵琶是我国唐朝宫廷送给日本圣武天皇的礼物，是目前已知的世上唯一的一把唐代五弦琵琶，人们已经很久没有听到它的声音了。

在方锦龙收藏的各种乐器中，他最喜爱的是五弦琵琶。1985年，22岁的方锦龙赴日本参加丝绸之路音乐会，第一次见到了正仓院那把传说中的唐代五弦琵琶。从6岁就开始学习琵琶的他，第一次知道世上居然还有五弦琵琶。

唐代五弦琵琶的正反面

"古人就是比我们厉害，古人多根弦，我们少根弦。"看到五弦琵琶后，方锦龙笑着调侃，并下定决心，"一定要把这根弦续上！"

五弦琵琶从西域传入并流行于中原大地。从东晋到大唐，四弦、五弦琵琶并进，盛极一时。著名诗人白居易曾就琵琶写下了《五弦弹》[1]等名篇，描绘了五弦琵琶在盛唐时期的流行。到了北宋时期，五弦琵琶基本被四弦琵琶替代，至今已失传近千年。

北魏、西魏、北周、十六国至隋、唐各个时期的敦煌壁画中，都有画着五弦琵琶的洞窟。五弦琵琶作为一种极富艺术价值的文物不为国人熟知，却躺在日本的正仓院里接受世人赞叹，这使得倾心国乐的方锦龙感到很失落，他决心要让已经失传千年的宝贝重现舞台。

从日本回国后，方锦龙开始找制琴师傅帮着复原五弦琵琶，但大多数制琴师傅根本不接这个"烫手山芋"，都觉得：琵琶哪有五弦，我们一代一代地跟着师傅学做琴，就没做过五弦琵琶。

敦煌壁画中弹奏五弦琵琶的人

1　五弦弹，五弦弹，听者倾耳心寥寥。赵璧知君入骨爱，五弦一一为君调。第一第二弦索索，秋风拂松疏韵落。第三第四弦泠泠，夜鹤忆子笼中鸣。第五弦声最掩抑，陇水冻咽流不得。五弦并奏君试听，凄凄切切复铮铮。铁击珊瑚一两曲，冰泻玉盘千万声。（白居易《五弦弹》节选）

经过反复寻找，方锦龙终于在湖南常德找到一位愿意尝试制作五弦琵琶的制琴师傅。他们在一次次失败中不断总结、推敲了五六年，最终决定了"改良"方案——将四弦琵琶的琴体扩大，增加第五根弦，而且改变传统四弦琵琶的拴弦之法，琴头上装的琴轸改为左二右三。这样一来，新增加的第五根弦的音色就更加厚重、深沉。方锦龙说："多了一个四度，就像多了一个低音喇叭，声音立体了，更丰富了。原来感觉有点轻飘，现在场面更壮观了，擂鼓和号角也更有声势了。"

方锦龙弹奏经过改良的五弦琵琶

1989年底，经过五次大改良的五弦琵琶终于制作完成。改良后的五弦琵琶，音色更多元，音域更广泛，包容性更强。2018年10月7日，方锦龙带着这把五弦琵琶再次来到日本，在日本大阪举办了"广州文化周——方锦龙国乐世界巡演日本站"专场音乐会。五弦琵琶从博物馆走向了舞台。在方锦龙手中，五弦琵琶再度复活，仿佛横跨千年，从唐朝穿越而来。

"盛唐时期，我们中国送给日本天皇一把五弦琵琶，而现在的盛世中国，我要让千年前的响声在日本变为现实。"这曾是方锦龙复活五弦琵琶的信仰，如今，他做到了。

虽然只比普通琵琶多了一根弦，但五弦琵琶在方锦龙手中却演奏出奇妙而惊人的旋律，令所有听众惊叹不已。一把五弦琵琶能模仿三弦、阮咸、古琴、月琴、扬琴、古典吉他、冬不拉甚至电吉他等不同乐器的音效，弹奏出从中国到印度、阿拉伯、日本、西班牙等国不同风格的代表性音乐。

我的乐，我的国

音乐中折射的是一个民族的精神气质和文化胸怀。方锦龙曾写过一篇演讲稿，题目叫"放下武器，拿起乐器"。他在演讲稿中写道："现在很多人戾气太重，一点小事就剑拔弩张，显得格外急躁、焦躁，身体走得太快，灵魂没有跟上。"

长期学习音乐使方锦龙能平静地看待一切，鹤发童颜，乐观向上。百病生于气止于音，音乐能够滋养五脏。"一曲终了，病退人安。"这便是音乐的力量。也正因为如此，五音疗法[1]作为中医的一种治疗方法在中国有着悠久的历史和完整的体系。况且，中华礼乐文化的背景是以天地自然的和谐代表"乐"的精神，讲求天人合一、万物和谐。

在博大精深的中华文化中，"礼乐"一直是重要的组成部分。礼乐修养能使人民谦敬和睦，国家安定和谐，从而达致高尚、典雅和文明。而所谓的"礼乐"，即"礼节"和"音乐"。音乐和儒家文化融在一起，成为中华民族的精神支柱，影响至今。也正因为如此，方锦龙更加希望能够将中国的音乐传承发扬，希望能向更多的人展示属于中华民族的国乐魅力，诉说悠远而灿烂的中华文化。

事实上，方锦龙也是这么做的。在展示和发扬中华民族国乐魅力的道路上，他一直大步向前走着。他复原五弦琵琶，再次奏响盛世华章；他收集中华乐器，保存中华智慧。同时，他也一直在思考如何才能将国乐更好地传播和传承。

"葡萄又酸又涩又小需要架子，西瓜又大又甜直接放在地上就行。"这是方锦龙经常挂在嘴上的一句话。艺术向上，艺术家向下，音乐要想传播和发展，就必须得让百姓听得懂。于是，方锦龙走进了大众的视野，并利用网络短视频传播国乐文化。

艺术要包容，才能更好地发展；文化要创新，才能更好地传承。方锦龙的做法让他在网络上火了起来。有人喊他网红、大师，也有人站出来指责他为名为利。

---

1 五音疗法根据中医传统的阴阳五行理论和五音对应的关系，用角、徵、宫、商、羽五种不同音调的音乐来治疗疾病。一般用来治疗由于社会心理因素所致的身心疾病。五音分属的木、火、金、土、水五行通肝、心、肺、脾、肾五脏。

面对别人对他"大师"的称赞，方锦龙回应说："我是个大师傅，在家做饭还不错。"而面对别人的指责，他也总是笑着说："只要做事，就会有人看不惯。对于一些批评，我已经习惯了。有时候会觉得最近怎么没人反驳我了呢？那一定是我没做事。况且有批评才有探讨，有探讨才有进步，这没什么不好。"

感悟非凡故事

音乐一直是人类文明发展史中重要的组成部分之一。在数千年华夏文明中，每一件乐器，每一曲旋律，都凝结着中华民族的智慧。时至今日，方锦龙仍然在展示和发扬中国国乐魅力的道路上不断探索、不断前行。

方锦龙通过自己的努力，找回了琵琶上缺失的那根"弦"，找回了北宋之后失传千年的声音，更找到了传承国乐的动力。他用国乐奏响的，是跨越数千年的历史，是传承五千年的文明，是中华民族文化的恒久魅力，更是新时代的盛世之音。

王恒屹

　　王恒屹,2013年12月出生于青岛,4岁时就认识3 000多个汉字,熟背三四百首古诗词,能识别180多个国家和地区的国旗、国徽,能听一秒前奏就能辨别许多歌曲的名称,堪称新时代的"小神童"。他曾参加过央视《经典咏流传》《欢乐中国人》《挑战不可能》等综艺节目。

文化精髓 薪火相传

——年仅四岁,却已能熟读《千家诗》、识字逾3 000

在2018年的《欢乐中国人》节目中,有一位来自青岛的萌娃,他特别喜欢古诗词,自小就与"诗仙""诗圣"对话,在古诗词的滋养下茁壮成长。4岁时,他就能熟读《千家诗》,识字逾3 000。古诗的韵律之美让这个小男孩拥有了一个不一样的童年。

中国故事扫码听

走进非凡故事

"鹅,鹅,鹅,曲项向天歌。白毛浮绿水,红掌拨清波。"这首小诗是大多数中国人孩童时期对诗的最初印象,相信大家都记得。但下面这些诗您还记得吗?

小池

宋 杨万里

泉眼无声惜细流,树阴照水爱晴柔。
小荷才露尖尖角,早有蜻蜓立上头。

观书有感

宋 朱熹

半亩方塘一鉴开,天光云影共徘徊。
问渠那得清如许?为有源头活水来。

王恒屹背诵古诗

竹里馆

唐　王维

独坐幽篁里，弹琴复长啸。

深林人不知，明月来相照。

……

有一个只有4岁的小萌娃，这些诗他全会背。他的名字叫王恒屹。

讲述非凡故事

"有一种声音，我不会忘记。那就是小时候，父母念给我听的古诗。虽然那时候年纪小，不能完全理解其中的含义，但却让我感受到中国古典诗歌特有的韵律之美，也让我对中华优秀传统文化有了最初的认识。"著名学者康震教授如是说。

孩子的天性就好像一张白纸，每一首诗对他们来说，都是一个崭新的世界。韵律优美的中国古典诗词就是孩子们最好的启蒙。在阅读这些古诗词的过程中，他们可以潜移默化地懂得做人、做事的道理，升华自己的内心，也可以了解到中华优秀传统文化的博大精深。

情境再现

小屹：半亩方塘一鉴开，天光云影共徘徊。问渠那得清如许？为有源头活水来。

高大爷：小屹呀，今天你家大人不在家，高大爷来照看照看你呀。

小屹：高大爷好。

高大爷：你好，看什么书呢？

小屹：《千家诗》。

高大爷：哟！《千家诗》，你这么小，能看懂吗？

小屹：略懂一二。

高大爷：哎哟，还略懂一二。

小屹："三"我就不知道了。

高大爷：这"三"啊，高大爷知道。你呀，听高大爷一席话，胜读十年书。高大爷先教你一首杨万里的《小池》。

小屹：泉眼无声惜细流，树阴照水爱晴柔。小荷才露尖尖角，早有蜻蜓立上头。

高大爷：这个很多小朋友都会，我得想一首难点儿的，教你一首《凉州词》。黄河远上白云间……

小屹：一片孤城万仞山。羌笛何须怨杨柳，春风不度玉门关。

高大爷：小屹，你是不是偷看书了？给我，高大爷再考你一个。来一首王维的《竹里馆》。

小屹：独坐幽篁里，弹琴复长啸。深林人不知，明月来相照。

高大爷：小屹呀，这本书里你哪首不会啊？

小屹：我全都会。

高大爷：全都会，我不信。你看啊，今天咱们街坊邻里都在，我让他们也考考你。

李晨：我挑一首长点儿的。唐朝王维的《山居秋暝》。

小屹：空山新雨后，天气晚来秋。明月松间照，清泉石上流。竹喧归浣女，莲动下渔舟。随意春芳歇，王孙自可留。

撒贝宁：我给你出一个《将进酒》，好不好？那个难。

小屹：君不见黄河之水天上来，奔流到海不复回。君不见高堂明镜悲白发，朝如青丝暮成雪。人生得意须尽欢，莫使金樽空对月。天生我材必有用，千金散尽还复来。烹羊宰牛且为乐，会须一饮三百杯。岑夫子，丹丘生，将进酒，杯莫停。与君歌一曲，请君为我倾耳听。钟鼓馔玉不足贵，但愿长醉不愿醒。古来圣贤皆寂寞，惟有饮者留其名。陈王昔时宴平乐，斗酒十千恣欢谑。主人何为言少钱，径须沽取对君酌。五花马、千金裘，呼儿将出换美酒，与尔同销万古愁。

高大爷：小屹呀，来，我再考你一首。

小屹：高大爷，不如换我考考您吧。

高大爷：好吧。

小屹：请听题，"秦时明月汉时关，万里长征人未还。但使龙城飞将在，不教胡马度阴山。"这首诗中的"飞将"是指谁？

高大爷：飞将，飞将……高大爷肯定知道。小屹，是不是你不知道啊？那你告诉我，飞将是谁？

小屹：飞将指的是李广。

高大爷：对，小李广花荣嘛，我知道。

小屹：高大爷，不对。您说的是水浒传里的人物，我说的李广是西汉时期的名将。

高大爷：小屹，这都谁教你的啊？

小屹：我奶奶教我的，久而久之我就会背了。后来，我学会了认字，我就自己看书，学会了很多古诗。

高大爷：你还会认字呢，那你认识多少个字？

小屹：据不完全统计，3 000个以上吧。

高大爷：你认识这么多字，背了这么多古诗，你喜欢古诗吗？

小屹：喜欢啊。因为我奶奶告诉我，这些都是中国的传统文化。虽然我不知道传统文化是什么意思，但我觉得还挺有意思的。

高大爷：小屹，你可真厉害。

小屹：高大爷，不敢当，小屹我才疏学浅，您过奖啦。

高大爷：你说你这么厉害，还这么谦虚。

小屹：我这是在《弟子规》里学的。

高大爷：哟，你还会《弟子规》？

小屹：对呀！

高大爷：那你给我们大家背一个。

小屹：好！那我就带您在知识的海洋里遨游吧。

高大爷：行，高大爷遨游，高大爷先整套泳衣去。

小屹：给点儿音乐呗。"弟子规，圣人训。首孝悌，次谨言。泛爱众，而亲仁。……"

中国故事扫码看

"中华小诗库"养成记

你4岁时在做什么？或许你才刚开始认字，或许你只能偶尔念出几句唐诗……下面我们来看一看"别人家的孩子"在做什么。

来自山东青岛的小萌娃王恒屹，4岁的他已识得3 000多个汉字，熟背200多首古诗。在他一岁左右的时候，他的妈妈照常诵读《三字经》哄他睡觉，念到"人之……"时，小恒屹就能奶声奶气地接"初"了。后来妈妈发现，对于一些简单的诗词，他也可以接上每一句的最后一个字。从此以后，妈妈就开始有意识地让他背诵和理解一些简单的诗词。一段时间后，有的简单诗词，小恒屹基本上读几遍就能够背下来。

小恒屹最喜欢跟奶奶一起玩古诗接龙，如果对到他接不上的诗词，就算是晚上睡觉前，他也一定要起来打开灯再看看。在《欢乐中国人》节目中，小恒屹将这一幕搬到了舞台上，现场跟评委PK诗词接龙，秒杀全场，连撒贝宁都惊呼其为"最新一代的人工智能"。

王恒屹现在基本上可以看书自学，他不但会背诗，诗里蕴含的知识他也会通过诗词后面的注释自学，那一本《千家诗》已被小恒屹翻烂了，可见他用功之深。

王恒屹和奶奶何霞

众所周知，学习需要天赋、兴趣和一个良好的氛围，但自律也是必不可少的。现在，手机、平板等电子设备几乎占用了我们的大部分业余时间，很多人控制不住自己，在学习、工作和玩之间徘徊不定。而小恒屹却牢记《三字经》里的内容："子不学，非所宜；幼不学，老何为。"并用这句话严格要求自己，合理安排自己学与玩的时间。有一次，奶奶带他去广场玩，玩了一会儿后，小恒屹说："我要回家了。"旁边的人都说："小恒屹，别回去了，再玩一会儿吧。"他说：'不行！我要回家看书学习。"有人又说："你不用学了，你都这么聪明了，还学啥呀。"小恒屹说："幼不学，老何为。现在不学习，将来能有什么作为。"惹得众人哄堂大笑。

小恒屹的奶奶说："我们从来没有刻意要求他去看书、背诗词，都是先以培养兴趣为主，不断发现他身上的闪光点，帮助他养成好的习惯。还有一个原因可能是我们一家人都很热爱中国的古诗词，给他营造了一个学习古诗词的氛围，让他在无形之中受到了中华传统文化的熏陶。"

除了背古诗，王恒屹还有很多"绝活"。比如"听歌识曲"，一首歌曲，只需播放一秒钟的前奏，他就能准确地说出歌名。"有一次我们全家一起去一个开过国际会议的场馆参观，小恒屹指着两个我们都叫不上名字的国家说，这两个国家的国旗挂错了。当时我们都以为是他随便说说而已，结果他妈妈用手机百度了一下，果然是挂错了，当时我们都觉得特别震惊。"王恒屹的奶奶说。

著名学者康震意味深长地表示，跟那些整天手机不离手、疯狂玩游戏的"熊孩子"一样，小恒屹的自制力也很"差"——他沉迷读书，无法自拔。

谁说奶奶带不好娃？

"奶奶带大的娃"是网络上流传的热门段子，意思是说：爸爸妈妈一手打造的萌娃小可爱，让奶奶带一段时间，就会变得土气、傻气。但是在《欢乐中国人》节目中萌翻全场的王恒屹却是不折不扣的"奶奶带大的娃"。王恒屹有一个传说中的"别人家的奶奶"。

王恒屹的爸爸妈妈因为工作原因，长期居住在上海。他一岁半时就跟着爷爷奶奶一起在青岛生活，没有参加过系统的早教培训，奶奶的爱好成了他最好的启蒙。

在日常生活中，奶奶经常有意识地让王恒屹听一些古诗词，一段时间后，祖孙俩一起爱上了古诗词。当有人问奶奶有什么秘诀时，奶奶说："一些简单的诗，小恒屹读三四遍就会背了。但有时候过一会或者睡一觉起来，他可能就忘了，我就在他没记住的地方提醒一个字，如果还不会，我就提醒两个字，一个字一个字地加，慢慢地他就学会了。"这种传统的记忆方式，让王恒屹从小就对中国古诗词有了最初的印象，也让他在无形之中对中国传统文化产生了浓厚的兴趣。

《欢乐中国人》节目播出之后，网友们最关心的是这样的"小神童"是怎样长成的？王恒屹的奶奶分享了她的育娃经验："我们从来不逼迫小恒屹干什么事，一切都是他顺其自然地学会的，他有兴趣的事就会学得很快。他很小的时候我给他讲故事，虽然他刚开始不认识多少字，但是他不像别的小孩，只是坐在那里听，而是必须要看着书本，跟着我念的故事捧着书一个字一个字地去辨识。慢慢地，这些字他就认识了，日后遇到不认识的字他还会主动来问，在路上看到什么字他也会告诉我们。他大概从两岁开始就养成了自己读书认字的习惯，很少让我们大人陪着。"

有人说王恒屹有特异功能，奶奶对此颇为意外。她说："我们只是从孩子的兴趣出发，对孩子的兴趣给予尊重和鼓励，并适时给予适当的引导，而不是刻意去逼迫和教育孩子。"

王恒屹的成长经历告诉我们：无论谁带娃，最关键的是身教胜于言教。

家长是孩子的第一个老师,你的一言一行都是孩子模仿的对象,因此必须时时刻刻注意自己的言行。

传承经典,兴趣引导才是最佳方案

中华传统文化博大精深,学习和掌握其中的各种思想精华,对树立正确的世界观、人生观、价值观很有益处。古人所说的"先天下之忧而忧,后天下之乐而乐"的政治抱负,"位卑未敢忘忧国""苟利国家生死以,岂因祸福避趋之"的报国情怀,"富贵不能淫,贫贱不能移,威武不能屈"的浩然正气,"人生自古谁无死,留取丹心照汗青""鞠躬尽瘁,死而后已"的献身精神等,都体现了中华民族的优秀传统文化和民族精神。

王恒屹4岁时就能背诵这么多经典古诗词,在他身上,我们可以感受到中国古诗词的无穷魅力,感受到中华民族的根和魂。作为中华儿女,要传承中华优秀传统文化,我们首先要爱上它,然后才能传承它、发扬它。王恒屹在《欢乐中国人》节目上说:"虽然我不知道传统文化是什么,但我觉得还挺有意思的。"在小恒屹的身上,我们可以看到他对中华传统文化与生俱来的热爱,这是根植于我们生命中的文化基因,非常难得。

按照常人的想法,一个4岁孩子的认知能力不可能掌握如此多的文言诗词,更不用说理解其中的深层含义了。那王恒屹又是怎么做到的呢?

王恒屹的奶奶是这样说的:家人并没有刻意让他背诵古诗词,只是自己在小恒屹还不会说话的时候,经常读一些古诗词哄他玩,久而久之,他就对古诗词产生了浓厚的兴趣。她

还表示，经常观察、关注和发现孩子的兴趣，并努力营造和提供能够满足他们兴趣的氛围，而不是刻意去逼迫孩子做大人希望他们做的事情，孩子就会带给你想象不到的惊喜。

看到王恒屹在《欢乐中国人》节目中的表现，著名学者康震颇有感慨地说："即便是在娱乐形式如此多元的今天，小孩子的世界依然没有只剩下手机和电子游戏，以诗歌为载体的传统文化也在代代相传，这正说明了中华传统文化的强大魅力。"

兴趣是最好的老师，也是孩子探索世界的第一步。从王恒屹的成长过程中，我们能够感受到，背诗、识字、听歌识曲……小恒屹是真的有兴趣，所以他才会做得这么好。

感悟非凡故事

识字3 000多，熟读《千家诗》，其实并不重要。在4岁的小恒屹身上，我们能够感受到，因为兴趣，中华传统文化被传承着、被热爱着！

中华优秀传统文化是中华民族的"根"和"魂"，而中国经典诗词是其核心内容之一。在诗词的熏陶下，无论是丰富精神情感还是建立人生品格，都会使我们终身受益。孩子是祖国的未来和希望，愿他们能够选读体现中华优秀传统文化思想精华的代表作品，增进对中华文化核心思想理念和精神的认识与理解，并从中汲取营养，体会中华文化创造性转化和创新性发展的趋势，健康快乐地成长。

后记

习近平总书记曾说，伟大出自平凡，平凡造就伟大。中央广播电视总台《欢乐中国人》第二季以"传播新时代的中国故事"为核心，以"普通人"为主角，通过讲述新时代平凡而真实的中国故事，展现千千万万普通中国人的伟大。节目得到蓝天野、杨利伟、撒贝宁、吴京、斯琴高娃等近40位嘉宾助力。他们化身为讲述人，为14亿中国人讲述新时代的中国故事。

节目一经播出便得到观众的高度认可，并凭借"电视+融媒体"的创新模式荣获各类大奖，实现第一季度综艺节目全国网收视率第一，单篇文章阅读量创史上最快"10万+"记录，平均单篇文章阅读量突破200万。人民日报、紫光阁等国家级媒体多次转载，微博热门话题突破17.4亿。美国FOX电视台、ABC、NBC、CBS、纽约商业周刊以及加拿大Morningstar等260多家富有影响力的海外媒体对此进行了报道，在国内外引起强烈反响，中国之声由此走出国门，向世界传播。

基于《欢乐中国人》第二季改编和再创作的《平凡中国人的非凡故事》，以"文本+二维码"的融媒体形式，向读者呈现更加真实、立体的新时代中国故事，旨在让更多的读者在欢笑中盈满泪水，在泪水中感受幸福，在幸福中获得力量，同时使中国力量、中国精神得到更为广泛的传播，展现新时代的大国气象。

涓涓细流终将汇成奔腾江河，希望书中的故事可以影响千千万万普通人，让更多的人坚守祖国事业，诠释中国精神，传承中国文化，为实现民族复兴积蓄星火力量。

左兴　卢小波

2020年12月

更多中国故事扫码即看

中国故事扫码看

用生命测量珠峰高度的第一代测绘人

中国故事扫码看

带着国徽去审判的法官

中国故事扫码看

惊艳平昌冬奥的"北京8分钟"

中国故事扫码看

4岁女孩和"疯爸爸"骑行环游中国

中国故事扫码看

京剧男童王泓翔巧对李玉刚

中国故事扫码看

八旬奶奶书写传奇人生

内容提要

本书以中央广播电视总台大型综艺励志节目《欢乐中国人》第二季中20位平凡中国人的非凡故事为主线,以"讲好中国故事,展现真实、立体、全面的中国"为主旨,以"传播新时代中国故事"为核心,从多个维度讲述普通人的真实故事。其中,既包括让习近平总书记感动的人物——西藏玉麦乡的乡亲们、内蒙古苏尼特右旗的乌兰牧骑队员、西安交大西迁的老教授,也有国家的孩子、四代阅兵、追梦航天员等看似平凡却伟大的个人故事。故事内容具体生动、内涵丰富、情真意切、好读易懂,蕴含"中国智慧",洋溢"中国力量"。

本书跳出传统电视节目衍生读物研发的惯有思维,采用"文本+二维码"的融媒体形式,可读、可听、可视,实现了图书内容呈现形式的创新,是对青少年和社会大众进行社会主义核心价值观教育的新颖材料。

图书在版编目(CIP)数据

平凡中国人的非凡故事 /《欢乐中国人》节目组组编 . -- 北京:高等教育出版社,2021.3
ISBN 978-7-04-055665-0

Ⅰ. ①平… Ⅱ. ①欢… Ⅲ. ①故事 – 作品集 – 中国 – 当代 Ⅳ. ① I247.81

中国版本图书馆 CIP 数据核字 (2021) 第 023536 号

平凡中国人的非凡故事
Pingfan Zhongguoren de Feifan Gushi

策划编辑	韩 筠	责任编辑	韩 筠 傅雪林	封面设计	张志奇
版式设计	张志奇	责任校对	陈 杨	责任印制	赵义民

出版发行	高等教育出版社	网　　址	http://www.hep.edu.cn
社　　址	北京市西城区德外大街 4 号		http://www.hep.com.cn
邮政编码	100120	网上订购	http://www.hepmall.com.cn
印　　刷	北京盛通印刷股份有限公司		http://www.hepmall.com
开　　本	787 mm × 1092 mm 1/16		http://www.hepmall.cn
印　　张	16		
字　　数	230 千字	版　　次	2021 年 3 月第 1 版
购书热线	010-58581118	印　　次	2021 年 3 月第 1 次印刷
咨询电话	400-810-0598	定　　价	58.00 元

本书如有缺页、倒页、脱页等质量问题,请到所购图书销售部门联系调换
版权所有　侵权必究
物　料　号　55665-00

郑重声明

高等教育出版社依法对本书享有专有出版权。任何未经许可的复制、销售行为均违反《中华人民共和国著作权法》，其行为人将承担相应的民事责任和行政责任；构成犯罪的，将被依法追究刑事责任。为了维护市场秩序，保护读者的合法权益，避免读者误用盗版书造成不良后果，我社将配合行政执法部门和司法机关对违法犯罪的单位和个人进行严厉打击。社会各界人士如发现上述侵权行为，希望及时举报，本社将奖励举报有功人员。

反盗版举报电话　（010）58581999　58582371　58582488
反盗版举报传真　（010）82086060
反盗版举报邮箱　dd@hep.com.cn
通信地址　　　　北京市西城区德外大街4号
　　　　　　　　高等教育出版社法律事务与版权管理部
邮政编码　　　　100120